Les Mille et Une Nuits

Qui sont les personnages ?

Les personnages du « récit-cadre* »

SCHÉHÉRAZADE

Fille du grand vizir, Schéhérazade est belle et intelligente. Devenue l'épouse du roi Schahriar, elle lui raconte – pendant mille et une nuits – de fabuleux récits, s'arrêtant à l'aube et poursuivant le soir suivant.

LE ROI SCHAHRIAR

Roi tout-puissant, sultan des Indes, il a été trahi par sa femme qui lui a été infidèle. Il se venge en la condamnant à mort. Depuis, il décide d'épouser chaque jour une nouvelle femme et de la faire tuer le lendemain matin.

Les Mille et Une Nuits

Anthologie

LE DOSSIER

De célèbres récits d'Orient

L'ENQUÊTE

Comment vivait-on au temps des califes ?

Notes et dossier
Nora Nadifi
agrégée de lettres classiques

Collection dirigée par
Bertrand Louët

Sommaire

OUVERTURE

Portrait d'une Princesse (XVIIIe siècle), miniature indienne, Musée de Lahore, Inde.

© Hatier, Paris, 2013
ISBN : 978-2-218-96663-7

* Tous les mots suivis d'un * sont expliqués dans le lexique p. 118.

Les personnages des contes

SINDBAD LE MARIN

Homme d'âge mûr, riche et célèbre, Sindbad est également un être généreux : il convie un pauvre porteur au festin qu'il donne. Il a entrepris sept voyages en mer et a vécu d'incroyables aventures.

HAROUN AL-RACHID

Calife de Bagdad, il se déguise et parcourt sa ville afin de voir comment vivent ses sujets. Un soir, il rencontre un mendiant, Baba-Abdallah, à qui il fait l'aumône. Le mendiant lui demande de le gifler car il le mérite.

ALI BABA

Pauvre bûcheron, Ali Baba, un jour qu'il se trouve en forêt, voit arriver une troupe de quarante voleurs. Ceux-ci cachent leur butin dans une grotte qui contient un fabuleux trésor.

MORGIANE

Esclave d'Ali Baba, intelligente et intrépide, elle est d'un grand secours à son maître menacé par le chef des voleurs.

Quelle est l'histoire ?

Les circonstances

Les récits des *Mille et Une Nuits* se déroulent à une époque imprécise. Cependant, les métiers et activités évoqués, certains lieux de l'action comme la ville de Bagdad, ou bien un personnage tel que Haroun al-Rachid qui a réellement existé, permettent d'ancrer bon nombre de ces récits dans le monde arabo-musulman médiéval.

L'action

1. Schéhérazade, pour sauver sa vie, entreprend de raconter à son époux Schahriar des récits qui vont le captiver : chaque matin, il décide de laisser vivre sa femme afin d'entendre la suite de l'histoire écoutée à l'aube.

2. Un marchand se retrouve nez-à-nez avec un génie qui l'accuse d'avoir tué son fils et veut prendre sa vie.
Le marchand lui demande un délai d'un an avant de revenir satisfaire son désir de vengeance.

Le but

Les contes des *Mille et Une Nuits* ont été conçus pour divertir leur auditoire, d'où leurs formes et leurs thèmes variés : contes merveilleux, histoires d'amour et de ruses, fables, récits de voyages. La traduction qu'en propose Antoine Galland au XVIIIe siècle répond à la curiosité de ses contemporains pour tout ce qui vient de l'Orient.

Gravure de F. Courtin pour Les Mille et Une Nuits par Antoine Galland, 1836.

3. Sindbad, au cours de son second voyage, se retrouve abandonné sur une île déserte. Un oiseau gigantesque, un roc, l'emporte et le laisse dans une vallée jonchée de diamants et parcourue d'énormes serpents.

4. Ali Baba découvre la grotte où quarante voleurs cachent leur butin : grâce à une formule magique, « Sésame, ouvre-toi », il accède à un fabuleux trésor.

Qui est l'auteur ?

Des contes anonymes

• DES SOURCES VARIÉES

Les contes des *Mille et Une Nuits* sont sans doute nés en Inde puis transmis oralement par des conteurs anonymes en Perse où l'on trouve les premières traces écrites dont le titre peut se traduire par «Mille Contes». Traduit en arabe au VIIIe siècle, ce recueil s'enrichit durant l'époque des califes (voir l'enquête p. 108) de nouveaux textes d'origines diverses pour aboutir à une version de plus de 170 histoires enchâssées dans un récit-cadre.

• UNE LITTÉRATURE POPULAIRE

Compilation de récits aux thèmes et aux genres variés, le recueil était considéré par les sociétés cultivées des grandes villes arabes comme une littérature populaire, destinée à divertir. On leur préférait la poésie, les fables animalières ou les contes des Maqâmât d'al-Harîrî narrant les aventures du fripon Abu Zayd.

La traduction de Galland

• DE LA PICARDIE À CONSTANTINOPLE

Né en 1646, en Picardie, Antoine Galland apprend l'arabe, dès 1661. Le marquis de Nointel, nommé ambassadeur à Constantinople en 1670, lui propose de l'accompagner en tant que secrétaire particulier. Galland profite de son séjour pour apprendre le persan.

• LA TRADUCTION DES *MILLE ET UNE NUITS*

Après plusieurs voyages en Orient, Galland entame, en 1704, la traduction des *Mille et Une Nuits*, à partir du manuscrit le plus complet qu'il a trouvé. Puis il enrichit le recueil avec des contes issus de sources différentes, comme *Les Aventures de Sindbad le marin* ou l'*Histoire d'Ali Baba*. Il meurt en 1715, deux ans avant la publication des deux derniers tomes.

L'HISTOIRE DU MONDE MUSULMAN	**Ve siècle** Naissance probable des *Mille et Une Nuits* en Inde	**VIe siècle** Premières traces écrites en Perse des *Mille Contes*	**570-632** Mahomet, prophète de l'islam	**749** Fondation du califat abbasside
L'ÉPOQUE D'ANTOINE GALLAND	**1646** Naissance d'Antoine Galland	**1661** Début du règne de Louis XIV	**1664** Début des travaux de construction du château de Versailles	**1704** Début de la parution des *Mille et Une Nuits*, trad par Antoine Galland

Que se passe-t-il à l'époque ?

À l'époque des *Mille et Une Nuits*

● L'AUTORITÉ DES CALIFES

Entre le VIIIe et le XIIIe siècle, le monde arabo-musulman se trouve sous l'autorité des califes, chefs de différentes dynasties : les Omeyyades à Damas (Syrie), conquérants de l'Espagne ; les Abbassides à Bagdad ; les Fatimides au Caire (voir l'enquête p. 109).

● LE RAYONNEMENT DE LA CIVILISATION ARABE

Dès le XIe siècle, ces puissants royaumes sont menacés par les Turcs, les Berbères et les Francs qui partent en croisade contre les musulmans, puis au XIIIe siècle par les Mongols. Malgré ces conflits, les royaumes musulmans commercent avec l'Europe et l'Asie et leurs capitales deviennent des centres économiques et culturels florissants.

À l'époque d'Antoine Galland

● LE RÈGNE DE LOUIS XIV

Il est marqué par de nombreuses guerres qui étendent le territoire ainsi que par la création d'une marine et des compagnies de commerce. Louis XIV entreprend aussi de grands travaux, tels que le château de Versailles, qui témoignent de sa grandeur. Le Grand Siècle voit l'essor du classicisme, notamment à travers les œuvres de Molière, Corneille ou La Fontaine.

● LE SUCCÈS DES *MILLE ET UNE NUITS*

L'orientalisme* étant à la mode, le recueil, traduit par Antoine Galland, rencontre un vif succès en France puis dans toute l'Europe. La haute société apprécie ces récits divertissants et exotiques qui transportent le lecteur à la découverte d'une civilisation inconnue.

-809 ne d'Haroun al-Rachid

969 Fondation du Caire par les Fatimides

1099 Prise de Jérusalem par les Francs

1258 Prise de Bagdad par les Mongols
Fin du califat abbasside

0 uction du Coran Antoine Galland

1715 Mort d'Antoine Galland
Fin du règne de Louis XIV

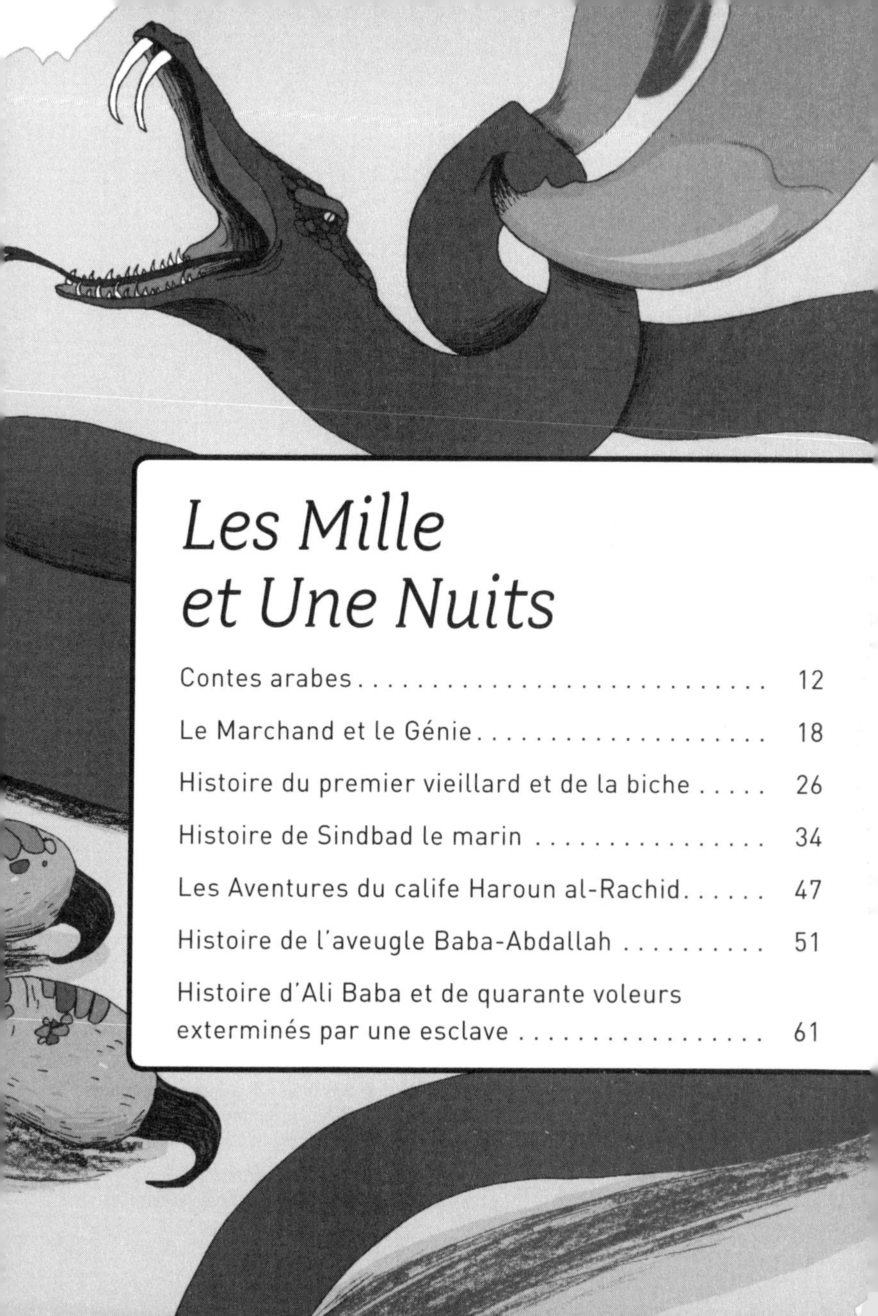

Les Mille et Une Nuits

Contes arabes

Un grand roi de Perse avait deux fils. L'aîné, Schahriar, hérita du royaume de son père et le cadet, Schahzenan, celui de Grande Tartarie[1]*. Après dix ans de règne, les deux frères désirent se revoir. Au moment de quitter sa capitale, Samarcande*[2]*, Schahzenan apprend que sa femme le trompe. Il la tue. Arrivé chez son frère, il découvre que la femme de ce dernier le trompe aussi. Averti, Schahriar la fait exécuter par son grand vizir. Mais, contrairement à son frère qui a renoncé aux femmes, toutes infidèles à ses yeux, Schahriar décide d'avoir chaque jour une nouvelle épouse qu'il fera tuer au matin.*

Le grand vizir, qui, comme on l'a déjà dit, était malgré lui le ministre d'une si horrible injustice●, avait deux filles, dont l'aînée s'appelait Schéhérazade, et la cadette Dinarzade. Cette dernière ne manquait pas de mérite ; mais l'autre avait un courage au-dessus de son sexe●, de l'esprit infiniment, avec une pénétra-

1. **Grande Tartarie** : jusqu'au XXe siècle, nom que les Européens donnaient à l'Asie centrale.
2. **Samarcande** : importante ville perse, conquise par les Arabes en 712, située dans l'Ouzbékistan actuel.

● **Schahriar a déjà épousé et fait tuer plusieurs femmes, filles de ses sujets. Le peuple, en colère, vit dans la peur.**

● **Selon le conteur, Schéhérazade est bien plus courageuse que les femmes en général.**

tion[1] admirable. Elle avait beaucoup de lecture et une mémoire si prodigieuse, que rien ne lui était échappé de tout ce qu'elle avait lu. Elle s'était heureusement appliquée à la philosophie, à la médecine, à l'histoire et aux arts ; et elle faisait des vers mieux que les poètes les plus célèbres de son temps. Outre cela, elle était pourvue d'une beauté extraordinaire, et une vertu très solide couronnait toutes ces belles qualités.

Le vizir aimait passionnément une fille si digne de sa tendresse. Un jour qu'ils s'entretenaient tous deux ensemble, elle lui dit : « Mon père, j'ai une grâce à vous demander ; je vous supplie très humblement de me l'accorder. – Je ne vous la refuserai pas, répondit-il, pourvu qu'elle soit juste et raisonnable. – Pour juste, répliqua Schéhérazade, elle ne peut l'être davantage, et vous en pouvez juger par le motif qui m'oblige à vous la demander. J'ai dessein[2] d'arrêter le cours de cette barbarie que le sultan exerce sur les familles de cette ville. Je veux dissiper la juste crainte que tant de mères ont de perdre leurs filles d'une manière si funeste[3]. – Votre intention est fort louable, ma fille, dit le vizir ; mais le mal auquel vous voulez remédier me paraît sans remède. Comment prétendez-vous en venir à bout ? – Mon père, repartit Schéhérazade, puisque par votre entremise le sultan célèbre chaque jour un nouveau mariage, je vous conjure, par la tendre affection que vous avez pour moi, de me procurer l'honneur de sa couche[4]. » Le vizir ne put entendre ce discours sans horreur. « Ô Dieu ! interrompit-il avec transport[5], avez-vous perdu l'esprit, ma fille ? Pouvez-vous me faire une prière si dangereuse ? Vous savez que le sultan a fait serment sur son âme de ne coucher

1. **Pénétration** : faculté de comprendre des sujets difficiles.
2. **Dessein** : projet.
3. **Funeste** : qui apporte la mort, le malheur.
4. **Honneur de sa couche** : honneur d'être sa femme.
5. **Transport** : émotion vive.

qu'une seule nuit avec la même femme et de lui faire ôter la vie le lendemain, et vous voulez que je lui propose de vous épouser ? Songez-vous bien à quoi vous expose votre zèle[1] indiscret ? – Oui, mon père, répondit cette vertueuse fille, je connais tout le danger que je cours, et il ne saurait m'épouvanter. Si je péris, ma mort sera glorieuse ; et si je réussis dans mon entreprise, je rendrai à ma patrie un service important. – Non, non, dit le vizir, quoi que vous puissiez me représenter pour m'intéresser à vous permettre de vous jeter dans cet affreux péril, ne vous imaginez pas que j'y consente. Quand le sultan m'ordonnera de vous enfoncer le poignard dans le sein, hélas ! il faudra bien que je lui obéisse. Quel triste emploi pour un père ! Ah ! si vous ne craignez point la mort, craignez du moins de me causer la douleur mortelle de voir ma main teinte de votre sang. – Encore une fois, mon père, dit Schéhérazade, accordez-moi la grâce que je vous demande. – Votre opiniâtreté[2], repartit le vizir, excite ma colère. Pourquoi vouloir vous-même courir à votre perte ? » [...]

Enfin, le père, poussé à bout par la fermeté de sa fille, se rendit à ses importunités[3] ; et quoique fort affligé de n'avoir pu la détourner d'une si funeste résolution, il alla dès ce moment trouver Schahriar, pour lui annoncer que la nuit prochaine il lui mènerait Schéhérazade.

Le sultan fut fort étonné du sacrifice que son grand vizir lui faisait. « Comment avez-vous pu, lui dit-il, vous résoudre à me livrer votre propre fille ? – Sire, lui répondit le vizir, elle s'est offerte d'elle-même. La triste destinée qui l'attend, n'a pu l'épouvanter, et elle préfère à la vie l'honneur d'être une seule nuit l'épouse de Votre Majesté. – Mais ne vous trompez pas, vizir,

1. **Zèle** : dévouement. 2. **Opiniâtreté** : entêtement. 3. **Importunités** : demandes pénibles.

reprit le sultan, demain, en vous remettant Schéhérazade entre vos mains, je prétends que vous lui ôtiez la vie. Si vous y manquez, je vous jure que je vous ferai mourir vous-même. – Sire, repartit le vizir, mon cœur gémira, sans doute, en vous obéissant, mais la nature aura beau murmurer : quoique père, je vous réponds d'un bras fidèle●. » Schahriar accepta l'offre de son ministre, et lui dit qu'il n'avait qu'à lui amener sa fille quand il lui plairait.

Le grand vizir alla porter cette nouvelle à Schéhérazade, qui la reçut avec autant de joie que si elle eût été la plus agréable du monde. Elle remercia son père de l'avoir si sensiblement obligée ; et, voyant qu'il était accablé de douleur, elle lui dit, pour le consoler, qu'elle espérait qu'il ne se repentirait pas de l'avoir mariée avec le sultan, et qu'au contraire il aurait sujet de s'en réjouir le reste de sa vie.

Elle ne songea plus qu'à se mettre en état de paraître devant le sultan ; mais avant que de partir, elle prit sa sœur Dinarzade en particulier, et lui dit : « Ma chère sœur, j'ai besoin de votre secours dans une affaire très importante ; je vous prie de ne me le pas refuser. Mon père va me conduire chez le sultan pour être son épouse. Que cette nouvelle ne vous épouvante pas ; écoutez-moi seulement avec patience. Dès que je serai devant le sultan, je le supplierai de permettre que vous couchiez dans la chambre nuptiale[1], afin que je jouisse[2] cette nuit encore de votre compagnie. Si j'obtiens cette grâce, comme je l'espère, souvenez-vous de m'éveiller demain matin, une heure avant le jour et de m'adresser ces paroles : « Ma sœur, si vous ne dormez

1. **Chambre nuptiale** : chambre des époux.
2. **Jouisse** : profite avec plaisir.

● **Même si le père a envie de sauver sa fille de la mort annoncée, il ne peut désobéir au sultan.**

pas, je vous supplie, en attendant le jour qui paraîtra bientôt, de me raconter un de ces beaux contes que vous savez. » Aussitôt je vous en conterai un, et je me flatte de délivrer, par ce moyen, tout le peuple de la consternation[1] où il est. » Dinarzade répondit à sa sœur qu'elle ferait avec plaisir ce qu'elle exigeait d'elle.

L'heure de se coucher étant enfin venue, le grand vizir conduisit Schéhérazade au palais, et se retira après l'avoir introduite dans l'appartement du sultan. Ce prince ne se vit pas plus tôt avec elle, qu'il lui ordonna de se découvrir le visage. Il la trouva si belle qu'il en fut charmé ; mais s'apercevant qu'elle était en pleurs, il lui en demanda le sujet. « Sire, répondit Schéhérazade, j'ai une sœur que j'aime aussi tendrement que j'en suis aimée ; je souhaiterais qu'elle passât la nuit dans cette chambre, pour la voir et lui dire adieu encore une fois. Voulez-vous bien que j'aie la consolation de lui donner ce dernier témoignage de mon amitié ? » Schahriar y ayant consenti, on alla chercher Dinarzade, qui vint en diligence[2]. Le sultan se coucha avec Schéhérazade sur une estrade fort élevée, à la manière des monarques de l'Orient●, et Dinarzade dans un lit qu'on lui avait préparé au bas de l'estrade.

Une heure avant le jour, Dinarzade s'étant réveillée, ne manqua pas de faire ce que sa sœur lui avait recommandé. « Ma chère sœur, s'écria-t-elle, si vous ne dormez pas, je vous supplie, en attendant le jour qui paraîtra bientôt, de me raconter un de ces contes agréables que vous savez. Hélas ! ce sera peut-être la dernière fois que j'aurai ce plaisir. »

1. **Consternation** : abattement causé par un événement malheureux.
2. **En diligence** : avec empressement.

● **À cette époque, le lit était un signe de puissance et de grandeur. Aussi, il devait être très haut et richement décoré.**

Schéhérazade, au lieu de répondre à sa sœur, s'adressa au sultan : « Sire, dit-elle, Votre Majesté veut-elle bien me permettre de donner cette satisfaction à ma sœur ? – Très volontiers, répondit le sultan. » Alors Schéhérazade dit à sa sœur d'écouter ; et puis, adressant la parole à Schahriar, elle commença de la sorte.

Illustration pour *Les Contes des Mille et Une Nuits* (XIXe siècle), gravure, Paris, BNF.

Première Nuit
Le Marchand et le Génie

Sire, il y avait autrefois un marchand qui possédait de grands biens, tant en fonds de terre[1] qu'en marchandises et en argent comptant. Il avait beaucoup de commis, de facteurs[2] et d'esclaves. Comme il était obligé de temps en temps de faire des voyages pour s'aboucher[3] avec ses correspondants, un jour qu'une affaire d'importance l'appelait assez loin du lieu qu'il habitait, il monta à cheval et partit avec une valise derrière lui, dans laquelle il avait mis une petite provision de biscuits[4] et de dattes, parce qu'il avait un pays désert à passer où il n'aurait pas trouvé de quoi vivre. Il arriva sans accident à l'endroit où il avait affaire ; et quand il eut terminé la chose qui l'y avait appelé, il remonta à cheval pour s'en retourner chez lui.

Le quatrième jour de sa marche, il se sentit tellement incommodé de l'ardeur du soleil et de la terre échauffée par ses rayons, qu'il se détourna de son chemin pour aller se rafraîchir sous des

1. **Fonds de terre** : terrains.
2. **Commis, facteurs** : employés.
3. **S'aboucher** : se mettre en rapport avec, rencontrer.
4. **Biscuits** : galettes dures à base de farine dont on fait provision pour les voyages.

arbres qu'il aperçut dans la campagne. Il y trouva au pied d'un grand noyer une fontaine d'une eau très claire et coulante. Il mit pied à terre, attacha son cheval à une branche d'arbre, et s'assit près de la fontaine, après avoir tiré de sa valise quelques dattes et du biscuit. En mangeant les dattes, il en jetait les noyaux à droite et à gauche. Lorsqu'il eut achevé ce repas frugal[1], comme il était bon musulman, il se lava les mains, le visage et les pieds, et fit sa prière●.

Il ne l'avait pas finie, et il était encore à genoux, quand il vit paraître un génie● tout blanc de vieillesse, et d'une grandeur énorme, qui, s'avançant jusqu'à lui le sabre à la main, lui dit d'un ton de voix terrible : « Lève-toi, que je te tue avec ce sabre, comme tu as tué mon fils. » Il accompagna ces mots d'un cri effroyable. Le marchand, autant effrayé de la hideuse[2] figure du monstre que des paroles qu'il lui avait adressées, lui répondit en tremblant : « Hélas ! mon bon seigneur, de quel crime puis-je être coupable envers vous, pour mériter que vous m'ôtiez la vie ? – Je veux, reprit le génie, te tuer de même que tu as tué mon fils. – Hé ! bon Dieu, repartit le marchand, comment pourrais-je avoir tué votre fils ? Je ne le connais point, et je ne l'ai jamais vu. – Ne t'es-tu pas assis en arrivant ici ? répliqua le génie, n'as-tu pas tiré des dattes de ta valise, et, en les mangeant, n'en as-tu pas jeté les noyaux à droite et à gauche ? – J'ai fait ce que vous dites, répondit le marchand, je ne puis le nier. – Cela étant, reprit le génie, je te

1. **Frugal** : se dit d'un repas simple et peu abondant.
2. **Hideuse** : d'une laideur repoussante, horrible.

● **Avant de faire leur prière, les musulmans se purifient en se lavant les mains, le visage et les pieds.**

● **Dans les contes orientaux, le génie est un personnage merveilleux capable d'exécuter, par magie, des choses prodigieuses ou de faire ce qu'il veut des êtres humains.**

dis que tu as tué mon fils, et voici comment : dans le temps que tu jetais tes noyaux, mon fils passait ; il en a reçu un dans l'œil, et il en est mort ; c'est pourquoi il faut que je te tue. – Ah ! mon seigneur, pardon ! s'écria le marchand. – Point de pardon, répondit le génie, point de miséricorde[1]. N'est-il pas juste de tuer celui qui a tué ? – J'en demeure d'accord, dit le marchand ; mais je n'ai assurément pas tué votre fils ; et quand cela serait, je ne l'aurais fait que fort innocemment ; par conséquent, je vous supplie de me pardonner, et de me laisser la vie. – Non, non, dit le génie en persistant dans sa résolution, il faut que je te tue de

Illustration de Helen Stratton pour le conte *Le Marchand et le Génie* (vers 1910).

1. **Miséricorde** : pitié qui pousse à pardonner.

même que tu as tué mon fils. » À ces mots, il prit lc marchand par le bras, le jeta la face contre terre, et leva le sabre pour lui couper la tête.

Cependant le marchand tout en pleurs, et protestant de son innocence, regrettait sa femme et ses enfants, et disait les choses du monde les plus touchantes. Le génie, toujours le sabre haut, eut la patience d'attendre que le malheureux eût achevé ses lamentations ; mais il n'en fut nullement attendri. « Tous ces regrets sont superflus[1], s'écria-t-il ; quand tes larmes seraient de sang, cela ne m'empêcherait pas de te tuer, comme tu as tué mon fils. – Quoi ! répliqua le marchand, rien ne peut vous toucher ? Vous voulez absolument ôter la vie à un pauvre innocent ? – Oui, repartit le génie, j'y suis résolu. » En achevant ces paroles...

Schéhérazade, en cet endroit, s'apercevant qu'il était jour, et sachant que le sultan se levait de grand matin pour faire sa prière et tenir son conseil, cessa de parler. « Bon Dieu ! ma sœur, dit alors Dinarzade, que votre conte est merveilleux ! – La suite en est encore plus surprenante, répondit Schéhérazade, et vous en tomberiez d'accord, si le sultan voulait me laisser vivre encore aujourd'hui et me donner la permission de vous la raconter la nuit prochaine. » Schahriar, qui avait écouté Schéhérazade avec plaisir, dit en lui-même : « J'attendrai jusqu'à demain, je la ferai toujours bien mourir quand j'aurai entendu la fin de son conte. » Ayant donc pris la résolution de ne pas faire ôter la vie à Schéhérazade ce jour-là, il se leva pour faire sa prière et aller au conseil.

Pendant ce temps-là, le grand vizir était dans une inquiétude cruelle. Au lieu de goûter la douceur du sommeil, il avait passé

1. **Superflus** : inutiles.

la nuit à soupirer et à plaindre le sort de sa fille, dont il devait être le bourreau. Mais si, dans cette triste attente, il craignait la vue du sultan, il fut agréablement surpris lorsqu'il vit que ce prince entrait au conseil sans lui donner l'ordre funeste qu'il en attendait.

Le sultan, selon sa coutume, passa la journée à régler les affaires de son empire ; et quand la nuit fut venue, il coucha encore avec Schéhérazade. Le lendemain, avant que le jour parût, Dinarzade ne manqua pas de s'adresser à sa sœur, et de lui dire : « Ma chère sœur, si vous ne dormez pas, je vous supplie, en attendant le jour qui paraîtra bientôt, de continuer le conte d'hier. » Le sultan n'attendit pas que Schéhérazade lui en demandât la permission. « Achevez, lui dit-il, le conte du génie et du marchand, je suis curieux d'en entendre la fin. » Schéhérazade prit alors la parole, et continua son conte dans ces termes :

Deuxième Nuit

Sire, quand le marchand vit que le génie lui allait trancher la tête, il fit un grand cri, et lui dit : « Arrêtez ; encore un mot, de grâce ; ayez la bonté de m'accorder un délai ; donnez-moi le temps d'aller dire adieu à ma femme et à mes enfants, et de leur partager mes biens par un testament que je n'ai pas encore fait, afin qu'ils n'aient point de procès après ma mort ; cela étant fini, je reviendrai aussitôt dans ce même lieu me soumettre à tout ce qu'il vous plaira d'ordonner de moi. –Mais, dit le génie, si je t'accorde le délai que tu demandes, j'ai peur que tu ne reviennes pas. – Si vous voulez croire à mon serment, répondit le marchand, je jure par le Dieu du ciel et de la terre, que je viendrai vous retrouver ici sans y manquer. – De combien de temps souhaites-tu que soit ce délai ? répliqua le génie. – Je vous demande une année, repartit le marchand ; il ne me faut pas moins de temps pour donner ordre à mes affaires, et pour me disposer à renoncer sans regret au plaisir qu'il y a de vivre. Ainsi, je vous promets que de demain en un an, sans faute, je me rendrai sous ces arbres, pour me remettre entre vos mains. – Prends-tu Dieu à témoin de la promesse que tu me fais ? reprit le génie. – Oui, répondit le marchand, je le prends encore une fois à témoin, et vous pouvez vous reposer sur mon serment. » À ces paroles, le génie le laissa près de la fontaine et disparut.

Au bout d'un an, le marchand, ayant réglé ses affaires et sa succession, fait ses adieux à sa famille désespérée afin d'honorer sa promesse. Il retourne à la fontaine y attendre le génie.

Pendant qu'il languissait[1] dans une si cruelle attente, un bon vieillard, qui menait une biche à l'attache, parut et s'approcha de lui. Ils se saluèrent l'un l'autre ; après quoi le vieillard lui dit : « Mon frère, peut-on savoir de vous pourquoi vous êtes venu dans ce lieu désert, où il n'y a que des esprits malins[2], et où l'on n'est pas en sûreté ? À voir ces beaux arbres, on le croirait habité ; mais c'est une véritable solitude[3], où il est dangereux de s'arrêter trop longtemps. »

Le marchand satisfit la curiosité du vieillard, et lui conta l'aventure qui l'obligeait à se trouver là. Le vieillard l'écouta avec étonnement ; et prenant la parole : « Voilà, s'écria-t-il, la chose du monde la plus surprenante ; et vous vous êtes lié par le serment le plus inviolable. Je veux, ajouta-t-il, être témoin de votre entrevue avec le génie. » En disant cela, il s'assit près du marchand, et tandis qu'ils s'entretenaient tous deux...

1. **Languissait** : s'affaiblissait à force d'attendre.
2. **Esprits malins** : esprits mauvais, maléfiques.
3. **Solitude** : lieu désert.

« Mais je vois le jour, dit Schéhérazade en se reprenant ; ce qui reste est le plus beau du conte. » Le sultan, résolu d'en entendre la fin, laissa vivre encore ce jour-là Schéhérazade.

Troisième Nuit

La nuit suivante, Dinarzade fit à sa sœur la même prière que les deux précédentes. « Ma chère sœur, lui dit-elle, si vous ne dormez pas, je vous supplie de me raconter un de ces contes agréables que vous savez. » Mais le sultan dit qu'il voulait entendre la suite de celui du marchand et du génie ; c'est pourquoi Schéhérazade reprit ainsi :

Sire, dans le temps que le marchand et le vieillard qui conduisait la biche s'entretenaient, il arriva un autre vieillard suivi de deux chiens noirs. Il s'avança jusqu'à eux, et les salua, en leur demandant ce qu'ils faisaient en cet endroit. Le vieillard qui conduisait la biche lui apprit l'aventure du marchand et du génie, ce qui s'était passé entre eux, et le serment du marchand. Il ajouta que ce jour était celui de la parole donnée, et qu'il était résolu de demeurer là pour voir ce qui en arriverait.

Le second vieillard, trouvant aussi la chose digne de sa curiosité, prit la même résolution. Il s'assit auprès des autres ; et à peine se fut-il mêlé à leur conversation, qu'il survint un troisième vieillard, qui, s'adressant aux deux premiers, leur demanda pourquoi le marchand qui était avec eux paraissait si triste. On lui en dit le sujet, qui lui parut si extraordinaire qu'il souhaita aussi d'être témoin de ce qui se passerait entre le génie et le marchand. Pour cet effet, il se plaça parmi les autres.

Ils aperçurent bientôt dans la campagne une vapeur épaisse, comme un tourbillon de poussière élevé par le vent. Cette vapeur s'avança jusqu'à eux, et se dissipant tout à coup, leur laissa voir le génie, qui, sans les saluer, s'approcha du marchand le sabre à la main, et le prenant par le bras : « Lève-toi, lui dit-il, que je le tue comme tu as tué mon fils. » Le marchand et les trois vieillards effrayés, se mirent à pleurer et à remplir l'air de cris...

Schéhérazade, en cet endroit, apercevant le jour, cessa de poursuivre son conte, qui avait si bien piqué la curiosité du sultan, que ce prince, voulant absolument en savoir la fin, remit encore au lendemain la mort de la sultane.

On ne peut exprimer quelle fut la joie du grand vizir lorsqu'il vit que le sultan ne lui ordonnait pas de faire mourir Schéhérazade. Sa famille, la cour, tout le monde en fut généralement étonné.

Quatrième Nuit

Vers la fin de la nuit suivante, Schéhérazade, avec la permission du sultan, parla dans ces termes :

Sire, quand le vieillard qui conduisait la biche, vit que le génie s'était saisi du marchand, et l'allait tuer impitoyablement, il se jeta aux pieds de ce monstre, et les lui baisant : « Prince des génies, lui dit-il, je vous supplie très humblement de suspendre votre colère, et de me faire la grâce de m'écouter. Je vais vous raconter mon histoire et celle de cette biche que vous voyez ; mais si vous la trouvez plus merveilleuse et plus surprenante que l'aventure de ce marchand à qui vous voulez ôter la vie, puis-je espérer que vous voudrez bien remettre à ce pauvre malheureux le tiers de son crime ? » Le génie fut quelque temps à se consulter[1] là-dessus ; mais enfin il répondit : « Eh bien, voyons, j'y consens. »

1. **Se consulter** : réfléchir.

Histoire du premier vieillard et de la biche

« Je vais donc, reprit le vieillard, commencer le récit ; écoutez-moi, je vous prie, avec attention. Cette biche que vous voyez est ma cousine et de plus ma femme. Elle n'avait que douze ans quand je l'épousai ; ainsi, je puis dire qu'elle ne devait pas moins me regarder comme son père que comme son parent et son mari.

Nous avons vécu ensemble trente années sans avoir eu d'enfants ; mais sa stérilité ne m'a point empêché d'avoir pour elle beaucoup de complaisance et d'amitié[1]. Le seul désir d'avoir des enfants me fit acheter une esclave dont j'eus un fils qui promettait infiniment[2]. Ma femme en conçut de la jalousie, prit en aversion[3] la mère et l'enfant, et cacha si bien ses sentiments, que je ne les connus que trop tard.

Cependant mon fils croissait, et il avait déjà dix ans lorsque je fus obligé de faire un voyage. Avant mon départ, je recommandai

1. **De complaisance et d'amitié** : de désir de faire plaisir et d'affection.
2. **Qui promettait infiniment** : dont les qualités naturelles donnaient de grands espoirs.
3. **Aversion** : haine.

Si l'épouse est stérile, l'homme est autorisé à avoir un enfant avec une autre femme, éventuellement une esclave, pour avoir une descendance.

à ma femme, dont je ne me défiais point[1], l'esclave et son fils, et je la priai d'en avoir soin pendant mon absence, qui dura une année entière. Elle profita de ce temps-là pour contenter sa haine. Elle s'attacha à la magie ; et quand elle sut assez de cet art diabolique pour exécuter l'horrible dessein[2] qu'elle méditait, la scélérate[3] mena mon fils dans un lieu écarté. Là, par ses enchantements, elle le changea en veau, et le donna à mon fermier, avec ordre de le nourrir comme un veau, disait-elle, qu'elle avait acheté. Elle ne borna point sa fureur à cette action abominable ; elle changea l'esclave en vache, et la donna aussi à mon fermier.

À mon retour, je lui demandai des nouvelles de la mère et de l'enfant. « Votre esclave est morte, me dit-elle ; et pour votre fils, il y a deux mois que je ne l'ai vu, et que je ne sais ce qu'il est devenu. » Je fus touché de la mort de l'esclave ; mais comme mon fils n'avait fait que disparaître, je me flattai que je pourrais le revoir bientôt. Néanmoins, huit mois se passèrent sans qu'il revînt, et je n'en avais aucune nouvelle, lorsque la fête du grand Baïram ● arriva. Pour la célébrer, je mandai à mon fermier de m'amener une vache des plus grasses pour en faire un sacrifice. Il n'y manqua pas. La vache qu'il m'amena était l'esclave elle-même, la malheureuse mère de mon fils. Je la liai ; mais, dans le moment que je me préparais à la sacrifier, elle se mit à faire des beuglements pitoyables, et je m'aperçus qu'il coulait de ses yeux des ruisseaux de larmes. Cela me parut assez extraordinaire ; et me sentant, malgré moi, saisi d'un mouvement de pitié,

1. **Dont je ne me défiais point** : dont je ne me méfiais point.
2. **Dessein** : projet.
3. **Scélérate** : criminelle.

● **La fête du grand Baïram ou Aïd al-Adha est une fête musulmane qui marque la période du pèlerinage à la Mecque.**

je ne pus me résoudre à la frapper. J'ordonnai à mon fermier de m'en aller prendre une autre.

Ma femme, qui était présente, frémit de ma compassion[1] ; et s'opposant à un ordre qui rendait sa malice[2] inutile : « Que faites-vous, mon ami ? s'écria-t-elle ; immolez[3] cette vache. Votre fermier n'en a pas de plus belle, ni qui soit plus propre à l'usage que nous en voulons faire. » Par complaisance pour ma femme, je m'approchai de la vache ; et, combattant la pitié qui en suspendait le sacrifice, j'allais porter le coup mortel, quand la victime, redoublant ses pleurs et ses beuglements, me désarma une seconde fois. Alors je mis le maillet[4] entre les mains du fermier, en lui disant : « Prenez, et sacrifiez-la vous-même ; ses beuglements et ses larmes me fendent le cœur. »

Le fermier, moins pitoyable que moi, la sacrifia. Mais, en l'écorchant, il se trouva qu'elle n'avait que les os, quoiqu'elle nous eût paru très grasse. J'en eus un véritable chagrin. « Prenez-la pour vous, dis-je au fermier, je vous l'abandonne ; faites-en des régals[5] et des aumônes à qui vous voudrez ; et si vous avez un veau bien gras, amenez-le moi à sa place. » Je ne m'informai pas de ce qu'il fit de la vache ; mais peu de temps après qu'il l'eut fait enlever de devant mes yeux, je le vis arriver avec un veau fort gras. Quoique j'ignorasse que ce veau fût mon fils, je ne laissai pas de sentir émouvoir mes entrailles à sa vue●. De son côté, dès qu'il m'aperçut, il fit un si grand effort pour venir à moi, qu'il en rompit sa corde. Il se jeta à mes pieds, la tête contre terre, comme

1. **Compassion** : pitié, attendrissement.
2. **Malice** : méchanceté.
3. **Immolez** : sacrifiez.
4. **Maillet** : petit marteau à deux têtes en bois.
5. **Régals** : cadeaux.

● **Le père reconnaît son fils, « la chair de sa chair », de manière viscérale, instinctive, d'où la référence aux « entrailles ». Plus bas, l'expression du père « le sang fit en moi son devoir » exploite la même idée.**

s'il eût voulu exciter ma compassion, et me conjurer[1] de n pas la cruauté de lui ôter la vie, en m'avertissant, autant qu'il l était possible, qu'il était mon fils.

Je fus encore plus surpris et plus touché de cette action, que je ne l'avais été des pleurs de la vache. Je sentis une tendre pitié qui m'intéressa pour lui, ou, pour mieux dire, le sang fit en moi son devoir. « Allez, dis-je au fermier, ramenez ce veau chez vous ; ayez-en un grand soin, et à sa place, amenez-en un autre incessamment. »

Dès que ma femme m'entendit parler ainsi, elle ne manqua pas de s'écrier encore : « Que faites-vous, mon mari ? Croyez-moi, ne sacrifiez pas un autre veau que celui-là. – Ma femme, lui répondis-je, je n'immolerai pas celui-ci. Je veux lui faire grâce, je vous prie de ne vous y point opposer. » Elle n'eut garde, la méchante femme, de se rendre à ma prière. Elle haïssait trop mon fils, pour consentir que je le sauvasse. Elle m'en demanda le sacrifice avec tant d'opiniâtreté[2], que je fus obligé de le lui accorder. Je liai le veau, et prenant le couteau funeste…

Schéhérazade s'arrêta en cet endroit parce qu'elle aperçut le jour. « Ma sœur, dit alors Dinarzade, je suis enchantée de ce conte, qui soutient si agréablement mon attention. – Si le sultan me laisse encore vivre aujourd'hui, repartit Schéhérazade, vous verrez que ce que je vous raconterai demain, vous divertira bien davantage. » Schahriar, curieux de savoir ce que deviendrait le fils du vieillard qui conduisait la biche, dit à la sultane qu'il serait bien aise d'entendre, la nuit prochaine, la fin de ce conte.

1. **Conjurer** : supplier.
2. **Opiniâtreté** : insistance.

Cinquième Nuit

Schéhérazade, le premier vieillard qui condui-nuant de raconter son histoire au génie, aux rds et au marchand : « Je pris donc, leur dit-il, is l'enfoncer dans la gorge de mon fils, lorsque, tournant vers moi languissamment ses yeux baignés de pleurs, il m'attendrit à un point que je n'eus pas la force de l'immoler. Je laissai tomber le couteau, et je dis à ma femme que je voulais absolument tuer un autre veau que celui-là. Elle n'épargna rien pour me faire changer de résolution ; mais quoi qu'elle pût me représenter, je demeurai ferme, et lui promis, seulement pour l'apaiser, que je le sacrifierais au Baïram de l'année prochaine.

Le lendemain matin, mon fermier demanda à me parler en particulier. « Je viens, me dit-il, vous apprendre une nouvelle dont j'espère que vous me saurez bon gré. J'ai une fille qui a quelque connaissance de la magie. Hier, comme je ramenais au logis le veau dont vous n'aviez pas voulu faire le sacrifice, je remarquai qu'elle rit en le voyant, et qu'un moment après elle se mit à pleurer. Je lui demandai pourquoi elle faisait en même temps deux choses si contraires. « Mon père, me répondit-elle, ce veau que vous ramenez est le fils de notre maître. J'ai ri de joie de le voir encore vivant ; et j'ai pleuré en me souvenant du sacrifice qu'on fit hier de sa mère, qui était changée en vache. Ces deux métamorphoses ont été faites par les enchantements de la femme de notre maître, laquelle haïssait la mère et l'enfant. » Voilà ce que m'a dit ma fille, poursuivit le fermier, et je viens vous apporter cette nouvelle. »

À ces paroles, ô génie ! continua le vieillard, je vous laisse à juger quelle fut ma surprise ! Je partis sur le champ avec mon fermier, pour parler moi-même à sa fille. En arrivant, j'allai d'abord à l'étable où était mon fils. Il ne put répondre à mes embrassements ; mais il les reçut d'une manière qui acheva de me persuader qu'il était mon fils.

La fille du fermier arriva. « Ma bonne fille, lui dis-je, pouvez-vous rendre à mon fils sa première forme ? – Oui, je le puis, me répondit-elle. – Ah ! si vous en venez à bout, repris-je, je vous fais maîtresse de tous mes biens. » Alors elle me repartit en souriant : « Vous êtes notre maître, et je sais trop bien ce que je vous dois ; mais je vous avertis que je ne puis remettre votre fils dans son premier état qu'à deux conditions : la première, que vous me le donnerez pour époux, et la seconde, qu'il me sera permis de punir la personne qui l'a changé en veau. – Pour la première condition, lui dis-je, je l'accepte de bon cœur ; je dis plus, je vous promets de vous donner beaucoup de biens pour vous en particulier, indépendamment de celui que je destine à mon fils. Enfin, vous verrez comment je reconnaîtrai le grand service que j'attends de vous. Pour la condition qui regarde ma femme, je veux bien l'accepter encore : une personne qui a été capable de faire une action si criminelle mérite bien d'en être punie ; je vous l'abandonne, faites-en ce qu'il vous plaira ; je vous prie seulement de ne lui pas ôter la vie. – Je vais donc, répliqua-t-elle, la traiter de la même manière qu'elle a traité votre fils. – J'y consens, lui repartis-je ; mais rendez-moi mon fils auparavant. »

Alors cette fille prit un vase plein d'eau, prononça dessus des paroles que je n'entendis pas[1], et s'adressant au veau : « Ô veau ! dit-elle, si tu as été créé par le Tout-Puissant et souverain maître du monde tel que tu parais en ce moment, demeure sous cette forme ; mais si tu es homme, et que tu sois changé en veau par

1. **Je n'entendis pas** : je ne compris pas.

enchantement, reprends ta figure naturelle par la permission du souverain Créateur. » En achevant ces mots, elle jeta l'eau sur lui, et à l'instant il reprit sa première forme.

« Mon fils ! mon cher fils ! m'écriai-je aussitôt en l'embrassant avec un transport dont je ne fus pas le maître : c'est Dieu qui nous a envoyé cette jeune fille pour détruire l'horrible charme[1] dont vous étiez environné, et vous venger du mal qui vous a été fait, à vous et à votre mère. Je ne doute pas que, par reconnaissance, vous ne vouliez bien la prendre pour votre femme, comme je m'y suis engagé. » Il y consentit avec joie ; mais avant qu'ils se mariassent, la jeune fille changea ma femme en biche, et c'est elle que vous voyez ici. Je souhaitai qu'elle eût cette forme plutôt qu'une autre moins agréable, afin que nous la vissions sans répugnance dans la famille.

Depuis ce temps-là, mon fils est devenu veuf, et est allé voyager. Comme il y a plusieurs années que je n'ai eu de ses nouvelles, je me suis mis en chemin pour tâcher d'en apprendre : et n'ayant pas voulu confier à personne le soin de ma femme, pendant que je ferais enquête de lui, j'ai jugé à propos de la mener partout avec moi. Voilà donc mon histoire et celle de cette biche. N'est-elle pas des plus surprenantes et des plus merveilleuses ? – J'en demeure d'accord, dit le génie, et en sa faveur, je t'accorde le tiers de la grâce de ce marchand. »

Quand le premier vieillard, Sire, continua la sultane, eut achevé son histoire, le second, qui conduisait les deux chiens noirs, s'adressa au génie et lui dit : « Je vais vous raconter ce qui m'est arrivé, à moi et à ces deux chiens noirs que voici, et je suis sûr que vous trouverez mon histoire encore plus étonnante que celle

1. **Charme** : envoûtement magique, sortilège.

que vous venez d'entendre. Mais quand je vous l'aurai contée, m'accorderez-vous le second tiers de la grâce de ce marchand ? – Oui, répondit le génie, pourvu que ton histoire surpasse celle de la biche. » Après ce consentement, le second vieillard commença de cette manière... Mais Schéhérazade, en prononçant ces dernières paroles, ayant vu le jour, cessa de parler.

« Bon Dieu ! ma sœur, dit Dinarzade, que ces aventures sont singulières[1] ! – Ma sœur, répondit la sultane, elles ne sont pas comparables à celles que j'aurais à vous raconter la nuit prochaine, si le sultan, mon seigneur et mon maître, avait la bonté de me laisser vivre. » Schahriar ne répondit rien à cela ; mais il se leva, fit sa prière, et alla au conseil, sans donner aucun ordre contre la vie de la charmante Schéhérazade.

Schéhérazade narre l'histoire du second vieillard accompagné de deux chiens noirs, qui sont en fait ses frères, puis avoue ne pas connaître le récit du troisième vieillard qui permet au marchand d'avoir la vie sauve. Cependant, elle connaît tant d'autres contes, encore plus merveilleux, que le sultan lui laisse la vie sauve afin de les entendre. Parmi eux, figurent les aventures de Sindbad le marin, qui fit sept voyages en mer, tous plus extraordinaires les uns que les autres.

1. **Singulières** : étranges, hors du commun.

Histoire de Sindbad le marin

Sire, sous le règne de ce même calife Haroun al-Rachid, dont je viens de parler, il y avait à Bagdad un pauvre porteur qui se nommait Hindbad. Un jour qu'il faisait une chaleur excessive, il portait une charge très pesante d'une extrémité de la ville à une autre. Comme il était fort fatigué du chemin qu'il avait déjà fait, et qu'il lui en restait encore beaucoup à faire, il arriva dans une rue où régnait un doux zéphyr[1], et dont le pavé était arrosé d'eau de rose. Ne pouvant désirer un vent plus favorable pour se reposer et reprendre de nouvelles forces, il posa sa charge à terre et s'assit dessus, auprès d'une grande maison.

Il se sut bientôt très bon gré de s'être arrêté en cet endroit ; car son odorat fut agréablement frappé d'un parfum exquis de bois d'aloès et de pastilles, qui sortait par les fenêtres de cet hôtel, et qui, se mêlant avec l'odeur de l'eau de rose, achevait d'embaumer l'air. Outre cela, il ouït[2] en dedans un concert de divers

1. **Zéphyr** : vent.
2. **Ouït** : entendit.

Haroun al-Rachid (765-809) est le cinquième calife de la dynastie abbasside, à Bagdad (en Perse, Irak actuel). Il apparaît dans plusieurs contes des *Mille et Une Nuits* ainsi que son vizir Giafar.

instruments, accompagnés du ramage[1] harmonieux d'un grand nombre de rossignols et d'autres oiseaux particuliers au climat de Bagdad. Cette gracieuse mélodie et la fumée de plusieurs sortes de viandes qui se faisaient sentir, lui firent juger qu'il y avait là quelque festin, et qu'on s'y réjouissait. Il voulut savoir qui demeurait en cette maison qu'il ne connaissait pas bien, parce qu'il n'avait pas eu occasion de passer souvent par cette rue. Pour satisfaire sa curiosité, il s'approcha de quelques domestiques qu'il vit à la porte, magnifiquement habillés, et demanda à l'un d'entre eux comment s'appelait le maître de cet hôtel. « Hé quoi ! lui répondit le domestique, vous demeurez à Bagdad, et vous ignorez que c'est ici la demeure du seigneur Sindbad le marin, de ce fameux voyageur qui a parcouru toutes les mers que le soleil éclaire ? » Le porteur, qui avait ouï parler des richesses de Sindbad, ne put s'empêcher de porter envie à un homme dont la condition lui paraissait aussi heureuse qu'il trouvait la sienne déplorable. L'esprit aigri[2] par ses réflexions, il leva les yeux au ciel, et dit assez haut pour être entendu : « Puissant Créateur de toutes choses, considérez la différence qu'il y a entre Sindbad et moi ; je souffre tous les jours mille fatigues et mille maux ; et j'ai bien de la peine à me nourrir, moi et ma famille, de mauvais pain d'orge, pendant que l'heureux Sindbad dépense avec profusion[3] d'immenses richesses, et mène une vie pleine de délices. Qu'a-t-il fait pour obtenir de vous une destinée si agréable ? Qu'ai-je fait pour en mériter une si rigoureuse ? » En achevant ces paroles, il frappa du pied contre terre, comme un homme entièrement possédé de sa douleur et de son désespoir.

1. **Ramage** : chant des oiseaux.
2. **Aigri** : amer, triste.
3. **Profusion** : abondance.

Il était encore occupé de ses tristes pensées, lorsqu'il vit sortir de l'hôtel un valet qui vint à lui, et qui, le prenant par le bras, lui dit : « Venez, suivez-moi, le seigneur Sindbad, mon maître, veut vous parler. »

Hindbad pénètre chez un respectable vieillard à la longue barbe blanche : Sindbad. Celui-ci le fait asseoir près de lui afin qu'il prenne part au somptueux repas servi à de nombreux convives.

Sur la fin du repas, Sindbad, remarquant que ses convives ne mangeaient plus, prit la parole ; et s'adressant à Hindbad, qu'il traita de frère, selon la coutume des Arabes lorsqu'ils se parlent familièrement, lui demanda comment il se nommait et quelle était sa profession. « Seigneur, lui répondit-il, je m'appelle Hindbad et je suis porteur de mon métier. – Je suis bien aise de vous voir, reprit Sindbad, et je vous réponds que la compagnie vous voit aussi avec plaisir ; mais je souhaiterais apprendre de vous-même ce que vous disiez tantôt dans la rue. » Sindbad, avant de se mettre à table, avait entendu tout son discours par la fenêtre ; et c'était ce qui l'avait engagé à le faire appeler.

À cette demande, Hindbad, plein de confusion, baissa la tête, et repartit : « Seigneur, je vous avoue que ma lassitude m'avait mis en mauvaise humeur, et il m'est échappé quelques paroles indiscrètes que je vous supplie de me pardonner. – Oh ! ne croyez pas, reprit Sindbad, que je sois assez injuste pour en conserver du ressentiment[1]. J'entre dans votre situation[2] ; au lieu de vous reprocher vos murmures, je vous plains ; mais il faut que je vous tire d'une erreur où vous me paraissez être à mon égard. Vous

1. **Ressentiment** : rancune.
2. **J'entre dans votre situation** : je comprends votre situation.

vous imaginez sans doute que j'ai acquis sans peine et sans travail toutes les commodités et le repos dont vous voyez que je jouis ; désabusez-vous. Je ne suis parvenu à un état si heureux qu'après avoir souffert durant plusieurs années tous les travaux du corps et de l'esprit que l'imagination peut concevoir. Oui, seigneurs, ajouta-t-il en s'adressant à toute la compagnie, je puis vous assurer que ces travaux sont si extraordinaires qu'ils sont capables d'ôter aux hommes les plus avides[1] de richesses, l'envie fatale de traverser les mers pour en acquérir. Vous n'avez peut-être entendu parler que confusément de mes étranges aventures, et des dangers que j'ai courus sur mer dans les sept voyages que j'ai faits ; et puisque l'occasion s'en présente, je vais vous en faire un rapport fidèle : je crois que vous ne serez pas fâchés de l'entendre. »

Comme Sindbad voulait raconter son histoire particulièrement à cause du porteur, avant que de la commencer, il ordonna qu'on fît porter la charge qu'il avait laissée dans la rue au lieu où Hindbad marqua qu'il souhaitait qu'elle fût portée. Après cela, il parla dans ces termes. [...]

Sindbad raconte son premier voyage au cours duquel il débarque sur une île qui s'avère être le dos d'une baleine. Naufragé, il arrive sur l'île du roi Mirhage qui fait s'accoupler ses juments avec un cheval marin ; il y devient commerçant puis est témoin d'autres merveilles. Finalement, le capitaine d'un navire le reconnaît et le ramène chez lui. Malgré la prospérité de ses affaires et les dangers qu'il a déjà encourus, Sindbad a de nouveau le désir de voyager. Il raconte son second voyage.

1. **Avides** : qui ont un désir très fort de posséder.

« Nous allions d'îles en îles, et nous y faisions des trocs[1] fort avantageux. Un jour, nous descendîmes en l'une, couverte de plusieurs sortes d'arbres fruitiers, mais si déserte, que nous n'y découvrîmes aucune habitation, ni même aucune personne. Nous allâmes prendre l'air dans les prairies et le long des ruisseaux qui les arrosaient.

Pendant que les uns se divertissaient à cueillir des fleurs et les autres des fruits, je pris mes provisions et du vin que j'avais apporté, et m'assis près d'une eau coulant entre de grands arbres qui formaient un bel ombrage. Je fis un assez bon repas de ce que j'avais ; après quoi le sommeil vint s'emparer de mes sens. Je ne vous dirai pas si je dormis longtemps ; mais, quand je me réveillai, je ne vis plus le navire à l'ancre... »

Là, Schéhérazade fut obligée d'interrompre son récit, parce qu'elle vit que le jour paraissait ; mais la nuit suivante elle continua de cette manière le second voyage de Sindbad :

Soixante-treizième Nuit

« Je fus bien étonné, dit Sindbad, de ne plus voir le vaisseau à l'ancre ; je me levai, je regardai de toutes parts, et je ne vis pas un des marchands qui étaient descendus dans l'île avec moi. J'aperçus seulement le navire à la voile, mais si éloigné que je le perdis de vue peu de temps après.

Je vous laisse à imaginer les réflexions que je fis dans un état si triste. Je pensai mourir de douleur. Je poussai des cris épouvantables ; je me frappai la tête, et me jetai par terre, où je demeurai longtemps abîmé[2] dans une confusion mortelle de pensées

1. **Trocs** : échanges de produits contre d'autres dans un but commercial.
2. **Abîmé** : plongé.

toutes plus affligeantes les unes que les autres. Je me reprochai cent fois de ne m'être pas contenté de mon premier voyage, qui devait m'avoir fait perdre pour jamais l'envie d'en faire d'autres. Mais tous mes regrets étaient inutiles, et mon repentir hors de saison.

À la fin, je me résignai à la volonté de Dieu, et, sans savoir ce que je deviendrais, je montai au haut d'un grand arbre, d'où je regardai de tous côtés pour voir si je ne découvrirais rien qui pût me donner quelque espérance. En jetant les yeux sur la mer, je ne vis que de l'eau et le ciel ; mais, ayant aperçu du côté de la terre quelque chose de blanc, je descendis de l'arbre, et, avec ce qui me restait

Gravure de Gustave Doré pour le conte *Histoire de Sindbad le marin* (vers 1857).

de vivres, je marchai vers cette blancheur, qui était si éloignée que je ne pouvais pas bien distinguer ce que c'était.

Lorsque j'en fus à une distance raisonnable, je remarquai que c'était une boule blanche d'une hauteur et d'une grosseur prodigieuses. Dès que j'en fus près, je la touchai et la trouvai fort douce. Je tournai à l'entour pour voir s'il n'y avait point d'ouverture ; je n'en pus découvrir aucune, et il me parut qu'il était impossible de monter dessus, tant elle était unie. Elle pouvait avoir cinquante pas en rondeur.

Le soleil alors était prêt à se coucher. L'air s'obscurcit tout à coup, comme s'il eût été couvert d'un nuage épais. Mais, si je fus étonné de cette obscurité, je le fus bien davantage quand je m'aperçus que ce qui la causait était un oiseau d'une grandeur et d'une grosseur extraordinaires, qui s'avançait de mon côté en volant. Je me souvins d'un oiseau appelé roc● dont j'avais souvent ouï parler aux matelots, et je conçus que la grosse boule que j'avais tant admirée, devait être un œuf de cet oiseau. En effet, il s'abattit et se posa dessus, comme pour le couver. En le voyant venir, je m'étais serré fort près de l'œuf, de sorte que j'eus devant moi un des pieds de l'oiseau, et ce pied était aussi gros qu'un gros tronc d'arbre. Je m'y attachai fortement avec la toile dont mon turban était environné, dans l'espérance que le roc, lorsqu'il reprendrait son vol le lendemain, m'emporterait hors de cette île déserte. Effectivement, après avoir passé la nuit en cet état, d'abord qu'il fut jour, l'oiseau s'envola et m'enleva si haut que je ne voyais plus la terre ; puis il descendit tout à coup avec tant de rapidité que je ne me sentais pas. Lorsque le roc fut posé et que

● **Le roc est un animal merveilleux* que l'on rencontre dans les contes orientaux. Il ressemble à une sorte de faucon ou de griffon.**

je me vis à terre, je déliai promptement le nœud qui me tenait attaché à son pied. J'avais à peine achevé de me détacher qu'il donna du bec sur un serpent d'une longueur inouïe. Il le prit et s'envola aussitôt.

Le lieu où il me laissa était une vallée très profonde, environnée de toutes parts de montagnes si hautes qu'elles se perdaient dans la nue[1], et tellement escarpées qu'il n'y avait aucun chemin par où l'on y pût monter. Ce fut un nouvel embarras pour moi, et, comparant cet endroit à l'île déserte que je venais de quitter, je trouvai que je n'avais rien gagné au change.

En marchant par cette vallée, je remarquai qu'elle était parsemée de diamants, dont il y en avait d'une grosseur surprenante ; je pris beaucoup de plaisir à les regarder ; mais j'aperçus bientôt de loin des objets qui diminuèrent fort ce plaisir, et que je ne pus voir sans effroi. C'était un grand nombre de serpents si gros et si longs qu'il n'y en avait pas un qui n'eût englouti un éléphant. Ils se retiraient pendant le jour dans leurs antres, où ils se cachaient à cause du roc, leur ennemi, et ils n'en sortaient que la nuit.

Je passai la journée à me promener dans la vallée, et à me reposer de temps en temps dans les endroits les plus commodes. Cependant le soleil se coucha ; et, à l'entrée de la nuit, je me retirai dans une grotte où je jugeai que je serais en sûreté. J'en bouchai l'entrée, qui était basse et étroite, avec une pierre assez grosse pour me garantir des serpents, mais qui n'était pas assez juste pour empêcher qu'il n'y entrât un peu de lumière. Je soupai d'une partie de mes provisions, au bruit des serpents qui commencèrent à paraître. Leurs affreux sifflements me causèrent une frayeur

1. **Nue** : nuage.

extrême et ne me permirent pas, comme vous pouvez penser, de passer la nuit fort tranquillement. Le jour étant venu, les serpents se retirèrent. Alors je sortis de ma grotte en tremblant, et je puis dire que je marchai longtemps sur des diamants sans en avoir la moindre envie. À la fin, je m'assis, et, malgré l'inquiétude dont j'étais agité, comme je n'avais pas fermé l'œil de toute la nuit, je m'endormis après avoir fait encore un repas de mes provisions. Mais j'étais à peine assoupi que quelque chose qui tomba près de moi avec grand bruit me réveilla. C'était une grosse pièce de viande fraîche, et, dans le moment, j'en vis rouler plusieurs autres du haut des rochers en différents endroits.

J'avais toujours tenu pour un conte fait à plaisir ce que j'avais ouï dire plusieurs fois à des matelots et à d'autres personnes, touchant la vallée des diamants, et l'adresse dont se servaient quelques marchands pour en tirer ces pierres précieuses. Je connus bien[1] qu'ils m'avaient dit la vérité. En effet, ces marchands se rendent auprès de cette vallée dans le temps que les aigles ont des petits. Ils découpent de la viande et la jettent par grosses pièces dans la vallée ; les diamants, sur la pointe desquels elles tombent, s'y attachent. Les aigles, qui sont en ce pays-là plus forts qu'ailleurs, vont fondre sur ces pièces de viande, et les emportent dans leurs nids au haut des rochers pour servir de pâture à leurs aiglons. Alors les marchands, courant aux nids, obligent, par leurs cris, les aigles à s'éloigner, et prennent les diamants qu'ils trouvent attachés aux pièces de viande. Ils se servent de cette ruse parce qu'il n'y a pas d'autre moyen de tirer les diamants de cette vallée, qui est un précipice dans lequel on ne saurait descendre.

1. **Je connus bien** : je compris bien.

J'avais cru jusque-là qu'il ne me serait pas possible de sortir de cet abîme, que je regardais comme mon tombeau ; mais je changeai de sentiment ; et ce que je venais de voir me donna lieu d'imaginer le moyen de conserver ma vie... »

Le jour qui parut en cet endroit imposa silence à Schéhérazade ; mais elle poursuivit cette histoire le lendemain.

Soixante-quatorzième Nuit

Sire, dit-elle, en s'adressant toujours au sultan des Indes[1], Sindbad continua de raconter les aventures de son second voyage à la compagnie qui l'écoutait : « Je commençai, dit-il, par amasser les plus gros diamants qui se présentèrent à mes yeux, et j'en remplis la bourse de cuir qui m'avait servi à mettre mes provisions de bouche. Je pris ensuite la pièce de viande qui me parut la plus longue, et l'attachai fortement autour de moi avec la toile de mon turban, et en cet état, je me couchai le ventre contre terre, la bourse de cuir attachée à ma ceinture d'une manière qu'elle ne pouvait tomber.

Je ne fus pas plus tôt en cette situation que les aigles vinrent chacun se saisir d'une pièce de viande qu'ils emportèrent ; et un des plus puissants m'ayant enlevé de même avec le morceau de viande dont j'étais enveloppé, me porta au haut de la montagne jusque dans son nid. Les marchands ne manquèrent point alors de crier pour épouvanter les aigles ; et lorsqu'ils les eurent obligés à quitter leur proie, un d'entre eux s'approcha de moi ; mais il fut saisi de crainte quand il m'aperçut. Il se rassura pourtant ; et au lieu de s'informer par quelle aventure je me trouvais là, il commença de me quereller, en me demandant pourquoi je

1. **Sultan des Indes** : ce titre désigne Schahriar.

lui ravissais[1] son bien. « Vous me parlerez, lui dis-je, avec plus d'humanité, lorsque vous m'aurez mieux connu. Consolez-vous, ajoutai-je, j'ai des diamants pour vous et pour moi plus que n'en peuvent avoir tous les autres marchands ensemble. S'ils en ont, ce n'est que par hasard ; mais j'ai choisi moi-même au fond de la vallée ceux que j'apporte dans cette bourse que vous voyez. » En disant cela, je la lui montrai. Je n'avais pas achevé de parler, que les autres marchands qui m'aperçurent s'attroupèrent autour de moi fort étonnés de me voir, et j'augmentai leur surprise par le récit de mon histoire. Ils n'admirèrent pas tant le stratagème, que j'avais imaginé pour me sauver, que ma hardiesse à le tenter.

Ils m'emmenèrent au logement où ils demeuraient tous ensemble ; et là, ayant ouvert ma bourse en leur présence, la grosseur de mes diamants les surprit, et ils m'avouèrent que dans toutes les cours où ils avaient été, ils n'en avaient pas vu un qui en approchât. Je priai le marchand à qui appartenait le nid où j'avais été transporté, car chaque marchand avait le sien ; je le priai, dis-je, d'en choisir pour sa part autant qu'il en voudrait. Il se contenta d'en prendre un seul, encore le prit-il des moins gros ; et comme je le pressais d'en recevoir d'autres sans craindre de me faire tort : « Non, me dit-il, je suis fort satisfait de celui-ci, qui est assez précieux pour m'épargner la peine de faire désormais d'autres voyages pour l'établissement de ma petite fortune. »

Je passai la nuit avec ces marchands, à qui je racontai une seconde fois mon histoire pour la satisfaction de ceux qui ne l'avaient pas entendue. Je ne pouvais modérer ma joie, quand je faisais réflexion que j'étais hors des périls dont je vous ai parlé.

1. **Ravissais** : prenais de force.

Il me semblait que l'état où je me trouvais était un songe, et je ne pouvais croire que je n'eusse plus rien à craindre.

Il y avait déjà plusieurs jours que les marchands jetaient des pièces de viande dans la vallée, et comme chacun paraissait content des diamants qui lui étaient échus[1], nous partîmes le lendemain tous ensemble, et nous marchâmes par de hautes montagnes où il y avait des serpents d'une longueur prodigieuse, que nous eûmes le bonheur d'éviter. Nous gagnâmes le premier port, d'où nous passâmes à l'île de Roha, où croît l'arbre dont on tire le camphre, et qui est si gros et si touffu que cent hommes y peuvent être à l'ombre aisément. Le suc dont se forme le camphre coule par une ouverture que l'on fait au haut de l'arbre, et se reçoit dans un vase où il prend consistance et devient ce que l'on appelle camphre. Le suc ainsi tiré, l'arbre se sèche et meurt.

Il y a dans la même île des rhinocéros, qui sont des animaux plus petits que l'éléphant et plus grands que le buffle ; ils ont une corne sur le nez, longue environ d'une coudée[2] : cette corne est solide et coupée par le milieu d'une extrémité à l'autre. On voit dessus des traits blancs qui représentent la figure d'un homme. Le rhinocéros se bat avec l'éléphant, le perce de sa corne par-dessous le ventre, l'enlève et le porte sur sa tête, mais comme le sang et la graisse de l'éléphant lui coulent sur les yeux et l'aveuglent, il tombe par terre ; et, ce qui va vous étonner, le roc vient, qui les enlève tous deux entre ses griffes et les emporte pour nourrir ses petits.

1. **Échus** : dus.
2. **Coudée** : unité de mesure correspondant à la longueur allant du coude jusqu'à l'extrémité du majeur, environ quarante-cinq centimètres.

L'île de Roha serait la plaine de Rayang, située au nord-ouest de Bornéo en Malaisie.

Je passe sous silence plusieurs autres particularités de cette île, de peur de vous ennuyer. J'y échangeai quelques-uns de mes diamants contre de bonnes marchandises. De là, nous allâmes à d'autres îles, et enfin, après avoir touché à plusieurs villes marchandes de terre ferme, nous abordâmes à Balsora[●], d'où je me rendis à Bagdad. J'y fis d'abord de grandes aumônes aux pauvres, et je jouis honorablement du reste des richesses immenses que j'avais apportées et gagnées avec tant de fatigues.

*Schéhérazade poursuit le récit des aventures de Sindbad qui vit nombre de merveilles et affronta de mortels périls au cours de ses sept voyages : naufrages, cannibales, cyclopes. Suivent d'autres contes qui, nuit après nuit, captivent le sultan, notamment l'*Histoire d'Aladin ou la lampe merveilleuse. *Finalement, heureux de ne pas avoir à faire exécuter son épouse et d'entendre de si belles histoires, Schahriar se demande si Schéhérazade ne sera pas bientôt à court de récits. Aucun risque car, dit-elle, « le nombre en est si grand qu'il ne me serait pas possible à moi-même d'en dire le compte précisément ». Ainsi en vient-elle à raconter les aventures du calife Haroun al-Rachid : avec son vizir Giafar, il a décidé de se rendre en ville incognito afin de voir comment se comportent ses sujets.*

● **Balsora ou Bassora est une ville perse située au confluent du Tigre et de l'Euphrate.**

Les Aventures du calife Haroun al-Rachid

[Haroun al-Rachid et son vizir Giafar] prirent chacun un habit de marchand étranger ; et sous ce déguisement ils sortirent seuls par une porte secrète du jardin du palais qui donnait sur la campagne. Ils firent une partie du circuit de la ville par les dehors, jusqu'aux bords de l'Euphrate, à une distance assez éloignée de la porte de la ville, qui était de ce côté-là, sans avoir rien observé qui fût contre le bon ordre. Ils traversèrent ce fleuve sur le premier bateau qui se présenta ; et après avoir achevé le tour de l'autre partie de la ville, opposée à celle qu'ils venaient de quitter, ils reprirent le chemin du pont qui en faisait la communication.

Ils passèrent ce pont, au bout duquel ils rencontrèrent un aveugle assez âgé, qui demandait l'aumône. Le calife se détourna et lui mit une pièce de monnaie d'or dans la main.

L'aveugle, à l'instant, lui prit la main et l'arrêta.

« Charitable personne, dit-il, qui que vous soyez, que Dieu a inspiré de me faire l'aumône, ne me refusez pas la grâce que je vous demande de me donner un soufflet[1] : je l'ai mérité, et même un plus grand châtiment. »

1. **Soufflet** : gifle.

En achevant ces paroles, il quitta la main du calife pour lui laisser la liberté de lui donner le soufflet ; mais de crainte qu'il ne passât outre sans le faire, il le prit par son habit.

Le calife, surpris de la demande et de l'action de l'aveugle : « Bon homme, dit-il, je ne puis t'accorder ce que tu me demandes. Je me garderai bien d'effacer le mérite de mon aumône par le mauvais traitement que tu prétends que je te fasse. » Et en achevant ces paroles, il fit un effort pour faire quitter prise à l'aveugle.

L'aveugle qui s'était douté de la répugnance[1] de son bienfaiteur, par l'expérience qu'il en avait depuis longtemps, fit un plus grand effort pour le retenir.

« Seigneur, reprit-il, pardonnez-moi ma hardiesse et mon importunité ; donnez-moi, je vous prie, un soufflet, ou reprenez votre aumône ; je ne puis la recevoir qu'à cette condition, sans contrevenir à[2] un serment solennel que j'en ai fait devant Dieu ; et si vous en saviez la raison, vous tomberiez d'accord avec moi, que la peine en est très légère. »

Le calife, qui ne voulait pas être retardé plus longtemps, céda à l'importunité de l'aveugle, et lui donna un soufflet assez léger. L'aveugle quitta prise aussitôt en le remerciant et en le bénissant. Le calife continua son chemin avec le grand vizir ; mais à quelques pas de là, il dit au vizir : « Il faut que le sujet qui a porté cet aveugle à se conduire ainsi avec tous ceux qui lui font l'aumône, soit un sujet grave. Je serais bien aise d'en être informé : ainsi retourne, et dis-lui qui je suis, qu'il ne manque pas de se

1. **Répugnance** : sentiment qui pousse à refuser de faire quelque chose qu'on désapprouve.
2. **Contrevenir à** : rompre.

trouver demain au palais, au temps de la prière de l'après-dîner[1], et que je veux lui parler. »

Le lendemain, l'aveugle se rend au palais et le calife lui demande son nom.

« [...] Je me nomme Baba-Abdallah, répondit l'aveugle.

– Baba-Abdallah, reprit le calife, ta manière de demander l'aumône me parut hier si étrange que si je n'eusse été retenu par de certaines considérations, je me fusse bien gardé d'avoir la complaisance que j'eus pour toi, je t'aurais empêché dès lors de donner davantage au public le scandale que tu lui donnes. Je t'ai donc fait venir ici pour savoir de toi quel est le motif qui t'a poussé à faire un serment aussi indiscret que le tien ; et sur ce que tu vas me dire, je jugerai si tu as bien fait, et si je dois te permettre de continuer une pratique qui me paraît d'un très mauvais exemple. Dis-moi donc, sans me rien déguiser, d'où t'est venue cette pensée extravagante[2] ; ne me cache rien, car je veux le savoir absolument. »

Baba-Abdallah, intimidé par cette réprimande, se prosterna une seconde fois, le front contre terre devant le trône du calife ; et après s'être relevé : « Commandeur des croyants, dit-il aussitôt, je demande très humblement pardon à Votre Majesté de la hardiesse avec laquelle j'ai osé exiger d'elle et la forcer de faire une chose qui, à la vérité, paraît hors du bon sens. Je reconnais mon crime, mais comme je ne connaissais pas alors Votre Majesté, j'implore sa clémence, et j'espère qu'elle aura égard à mon ignorance. Quant à ce qu'il lui plaît de traiter ce que

1. **Après-dîner** : après-midi ; le dîner désignant alors le repas de midi.
2. **Extravagante** : déraisonnable, folle.

je fais d'extravagance, j'avoue que c'en est une, et mon action doit paraître telle aux yeux des hommes ; mais à l'égard de Dieu, c'est une pénitence très modique[1] d'un péché énorme dont je suis coupable, et que je n'expierais pas, quand tous les mortels m'accableraient de soufflets les uns après les autres. C'est de quoi Votre Majesté sera le juge elle-même, quand, par le récit de mon histoire que je vais lui raconter, en obéissant à ses ordres, je lui aurai fait connaître quelle est cette faute énorme.

Le calife Haroun-Al-Raschid reçoit avec honneur Jean Mésué à Bagdad, gravure de Figuier (1867).

1. **Modique** : faible.

Histoire de l'aveugle Baba-Abdallah

« Commandeur des croyants, continua Baba-Abdallah, je suis né à Bagdad, avec quelques biens dont je devais hériter de mon père et de ma mère, qui moururent tous deux à peu de jours près l'un de l'autre. Quoique je fusse dans un âge peu avancé, je n'en usai pas néanmoins en jeune homme, qui les eût dissipés en peu de temps par des dépenses inutiles et dans la débauche[1]. Je n'oubliai rien au contraire pour les augmenter par mon industrie[2], par mes soins[3] et par les peines que je me donnais. Enfin, j'étais devenu assez riche pour posséder à moi seul quatre-vingts chameaux, que je louais aux marchands des caravanes, et qui me valaient de grosses sommes chaque voyage que je faisais en différents endroits de l'étendue de l'empire de Votre Majesté, où je les accompagnais.

Au milieu de ce bonheur, et avec un puissant désir de devenir encore plus riche, un jour comme je venais de Balsora à vide, avec mes chameaux que j'y avais conduits chargés de marchandises d'embarquement pour les Indes, et que je les faisais paître

1. **Débauche** : façon de vivre condamnable, mauvaise vie.
2. **Industrie** : activité.
3. **Soins** : efforts.

dans un lieu fort éloigné de toute habitation, et où le bon pâturage m'avait fait arrêter, un derviche à pied qui allait à Balsora, vint m'aborder, et s'assit auprès de moi pour se délasser[1]. Je lui demandai d'où il venait, et où il allait. Il me fit les mêmes demandes ; et après que nous eûmes satisfait notre curiosité de part et d'autre, nous mîmes nos provisions en commun, et nous mangeâmes ensemble.

En faisant notre repas, après nous être entretenus de plusieurs choses indifférentes, le derviche me dit que dans un lieu peu éloigné de celui où nous étions, il avait connaissance d'un trésor plein de tant de richesses immenses que, quand mes quatre-vingts chameaux seraient chargés de l'or et des pierreries qu'on en pouvait tirer, il ne paraîtrait presque pas qu'on en eût rien enlevé.

Cette bonne nouvelle me surprit et me charma en même temps. La joie que je ressentis en moi-même, faisait que je ne me possédais[2] plus. Je ne croyais pas le derviche capable de m'en faire accroire[3] ; ainsi je me jetai à son cou, en lui disant : « Bon derviche, je vois bien que vous vous souciez peu des biens du monde ; ainsi, à quoi peut vous servir la connaissance de ce trésor ? Vous êtes seul, et vous ne pouvez en emporter très peu de chose. Enseignez-moi où il est, j'en chargerai mes quatre-vingts chameaux, et je vous en ferai présent d'un en reconnaissance du bien et du plaisir que vous m'aurez fait. »

Mais le derviche n'est pas dupe de cet injuste marché et demande la moitié de ses chameaux. À contrecœur, Baba-Abdallah accepte.

1. **Se délasser** : se reposer.
2. **Possédais** : maîtrisais.
3. **Faire accroire** : mentir.

Un derviche (mot persan signifiant « mendiant ») désigne un religieux musulman qui vit pauvrement et se dévoue aux autres.

Illustration de Raymond de La Nézière pour l'*Histoire de l'aveugle Baba-Abdallah* (1929).

[...] Après avoir marché quelque temps, nous arrivâmes dans un vallon assez spacieux, mais dont l'entrée était fort étroite. Mes chameaux ne purent passer qu'un à un ; mais comme le terrain s'élargissait, ils trouvèrent moyen d'y tenir tous ensemble sans s'embarrasser. Les deux montagnes, qui formaient ce vallon en se terminant en un demi-cercle à l'extrémité, étaient si élevées, si escarpées et si impraticables, qu'il n'y avait pas à craindre qu'aucun mortel nous pût jamais apercevoir.

Quand nous fûmes arrivés entre ces deux montagnes : « N'allons pas plus loin, me dit le derviche, arrêtez vos chameaux, et faites-les coucher sur le ventre dans l'espace que vous voyez, afin que nous n'ayons pas de peine à les charger ; et quand vous aurez fait, je procéderai à l'ouverture du trésor. »

Je fis ce que le derviche m'avait dit, et je l'allai rejoindre aussitôt. Je le trouvai un fusil à la main qui amassait un peu de bois sec pour faire du feu. Sitôt qu'il en eut fait, il y jeta du parfum en prononçant quelques paroles dont je ne compris pas bien le sens, et aussitôt une grosse fumée s'éleva en l'air. Il sépara cette fumée ; et dans le moment, quoique le roc qui était entre les deux montagnes, et qui s'élevait fort haut en ligne perpendiculaire, parût n'avoir aucune apparence d'ouverture, il s'en fit une grande au moins comme une espèce de porte à deux battants, pratiquée dans le même roc et de la même matière, avec un artifice[1] admirable.

Cette ouverture exposa à nos yeux, dans un grand enfoncement creusé dans ce roc, un palais magnifique, pratiqué plutôt par le travail des génies que par celui des hommes ; car il ne paraissait pas que des hommes eussent pu même s'aviser d'une entreprise si hardie et si surprenante.

Mais, Commandeur des croyants, c'est après coup que je fais cette observation à Votre Majesté ; car je ne la fis pas dans le moment. Je n'admirai pas même les richesses infinies que je

1. **Artifice** : mécanisme habile, ruse.

voyais de tous côtés ; et sans m'arrêter à observer l'économie qu'on avait gardée dans l'arrangement de tant de trésors, comme l'aigle fond sur sa proie, je me jetai sur le premier tas de monnaie d'or qui se présenta devant moi, et je commençai à en mettre dans un sac dont je m'étais déjà saisi, autant que je jugeai pouvoir en porter. Les sacs étaient grands, et je les eusse volontiers emplis tous ; mais il fallait les proportionner aux forces de mes chameaux.

Le derviche fit la même chose que moi ; mais je m'aperçus qu'il s'attachait plutôt aux pierreries ; et, comme il m'en eut fait comprendre la raison, je suivis son exemple, et nous enlevâmes beaucoup plus de toutes sortes de pierres précieuses que d'or monnayé[1]. Nous achevâmes enfin d'emplir tous nos sacs, et nous en chargeâmes les chameaux. Il ne restait plus qu'à refermer le trésor et à nous en aller.

Avant que de partir, le derviche rentra dans le trésor ; et, comme il y avait plusieurs grands vases d'orfèvrerie[2] de toutes sortes de façons et d'autres matières précieuses, j'observai qu'il prit dans un de ces vases une petite boîte d'un certain bois qui m'était inconnu, et qu'il la mit dans son sein, après m'avoir fait voir qu'il n'y avait qu'une espèce de pommade.

Le derviche fit la même cérémonie pour fermer le trésor, qu'il avait faite pour l'ouvrir ; et, après avoir prononcé certaines paroles, la porte du trésor se referma, et le rocher nous parut aussi entier qu'auparavant.

1. **Monnayé** : sous forme de monnaie, de pièces.
2. **Orfèvrerie** : art de fabriquer des objets d'or et d'argent.

Alors nous partageâmes nos chameaux, que nous fîmes lever avec leurs charges. Je me mis à la tête des quarante que je m'étais réservés, et le derviche à la tête des autres que je lui avais cédés.

Nous défilâmes par où nous étions entrés dans le vallon, et nous marchâmes ensemble jusqu'au grand chemin où nous devions nous séparer, le derviche pour continuer sa route vers Balsora, et moi pour revenir à Bagdad. Pour le remercier d'un si grand bienfait, j'employai les termes les plus forts, et ceux qui pouvaient lui marquer davantage ma reconnaissance, de m'avoir préféré à tout autre mortel pour me faire part de tant de richesses. Nous nous embrassâmes tous deux avec bien de la joie ; et après nous être dit adieu, nous nous éloignâmes chacun de notre côté.

Je n'eus pas fait quelques pas pour rejoindre mes chameaux, qui marchaient toujours dans le chemin où je les avais mis, que le démon de l'ingratitude et de l'envie s'empara de mon cœur. Je déplorais la perte de mes quarante chameaux, et encore plus les richesses dont ils étaient chargés. « Le derviche n'a pas besoin de toutes ces richesses, disais-je en moi-même, il est le maître des trésors, et il en aura tant qu'il voudra. » Ainsi, je me livrai à la plus noire ingratitude, et je me déterminai tout à coup à lui enlever ses chameaux avec leurs charges. [...]

À force de prières et de paroles flatteuses, Baba-Abdallah persuade le derviche de lui rendre vingt chameaux, puis dix encore, puis les dix derniers.

« Faites-en un bon usage, mon frère, ajouta-t-il, et souvenez-vous que Dieu peut nous ôter les richesses comme il nous les donne, si nous ne nous en servons à secourir les pauvres qu'il se plaît à laisser dans l'indigence[1] exprès pour donner lieu aux riches de mériter par leurs aumônes une plus grande récompense dans l'autre monde. »

Mon aveuglement était si grand, que je n'étais pas en état de profiter d'un conseil si salutaire. Je ne me contentai pas de me revoir possesseur de mes quatre-vingts chameaux, et de savoir qu'ils étaient chargés d'un trésor inestimable qui devait me rendre le plus fortuné des hommes. Il me vint dans l'esprit que la petite boîte de pommade dont le derviche s'était saisi et qu'il m'avait montrée, pouvait être quelque chose de plus précieux que toutes les richesses dont je lui étais redevable.

« L'endroit où le derviche l'a prise, disais-je en moi-même, et le soin qu'il a eu de s'en saisir, me fait croire qu'elle enferme quelque chose de mystérieux. »

Cela me détermina à faire en sorte de l'obtenir. Je venais de l'embrasser en lui disant adieu : « À propos, lui dis-je en retournant à lui, que voulez-vous faire de cette petite boîte de pommade ? Elle me paraît si peu de chose, ajoutai-je, qu'elle ne vaut pas la peine que vous l'emportiez, je vous prie de m'en faire présent. Aussi bien, un derviche comme vous qui a renoncé aux vanités[2] du monde n'a pas besoin de pommade. »

Plût à Dieu qu'il me l'eût refusée cette boîte ! Mais quand il l'aurait voulu faire, je ne me possédais plus, j'étais plus fort que lui, et bien résolu à la lui enlever par force, afin que pour mon entière satisfaction, il ne fut pas dit qu'il eût emporté la moindre chose du trésor, quelque grande que fût l'obligation que je lui avais.

1. **Indigence** : pauvreté.
2. **Vanités** : possessions inutiles.

Loin de me la refuser, le derviche la tira d'abord de son sein ; et en me la présentant de la meilleure grâce du monde : « Tenez, mon frère, me dit-il, la voilà ; qu'à cela ne tienne que vous ne soyez content. Si je puis faire davantage pour vous, vous n'avez qu'à demander, je suis prêt à vous satisfaire. »

Quand j'eus la boîte entre les mains, je l'ouvris ; et en considérant la pommade : « Puisque vous êtes de si bonne volonté, lui dis-je, et que vous ne vous lassez pas de m'obliger, je vous prie de vouloir bien me dire quel est l'usage particulier de cette pommade.

– L'usage en est surprenant et merveilleux, repartit le derviche. Si vous appliquez un peu de cette pommade autour de l'œil gauche et sur la paupière, elle fera paraître devant vos yeux tous les trésors qui sont cachés dans le sein de la terre ; mais si vous en appliquez de même à l'œil droit, elle vous rendra aveugle. »

Je voulais avoir moi-même l'expérience d'un effet si admirable. « Prenez la boîte, dis-je au derviche en la lui présentant, et appliquez-moi vous-même de cette pommade à l'œil gauche : vous entendez cela mieux que moi. Je suis dans l'impatience d'avoir l'expérience d'une chose qui me paraît incroyable. »

Le derviche voulut bien se donner cette peine ; il me fit fermer l'œil gauche, et m'appliqua la pommade. Quand il eut fait, j'ouvris l'œil, et j'éprouvai qu'il m'avait dit la vérité. Je vis en effet un nombre infini de trésors remplis de richesses si prodigieuses et si diversifiées, qu'il ne me serait pas possible d'en faire le détail au juste. [...]

Baba-Abdallah ne veut pas croire le derviche ni l'effet funeste de la pommade sur l'œil droit : il pense qu'au contraire lui sera dévoilée la possibilité de se procurer les trésors vus par son œil gauche. Il insiste tant que le derviche, malgré ses mises en garde, lui applique la pommade sur l'œil droit. Il se retrouve aveugle et se plaint amèrement.

« Malheureux, me répondit alors le derviche, il n'a pas tenu à moi que tu n'aies évité ce malheur ; mais tu n'as que ce que tu mérites, et c'est l'aveuglement du cœur qui t'a attiré celui du corps ! Il est vrai que j'ai des secrets : tu l'as pu connaître dans le peu de temps que j'ai été avec toi ; mais je n'en ai pas pour te rendre la vue. Adresse-toi à Dieu, si tu crois qu'il y en ait un : il n'y a que lui qui puisse te la rendre. Il t'avait donné des richesses dont tu étais indigne ; il te les a ôtées, et il va les donner par mes mains à des hommes qui n'en seront pas méconnaissants[1] comme toi. »

Le derviche ne m'en dit pas davantage, et je n'avais rien à lui répliquer. Il me laissa seul accablé de confusion, et plongé dans un excès de douleur qu'on ne peut exprimer, et après avoir rassemblé mes quatre-vingts chameaux, il les emmena, et poursuivit son chemin jusqu'à Balsora.

Je le priai de ne me point abandonner en cet état malheureux, et de m'aider du moins à me conduire jusqu'à la première caravane ; mais il fut sourd à mes prières et à mes cris. Ainsi privé de la vue et de tout ce que je possédais au monde, je serais mort d'affliction et de faim, si le lendemain, une caravane qui revenait de Balsora, ne m'eût bien voulu recevoir charitablement, et me ramener à Bagdad.

D'un état à m'égaler à des princes, sinon en forces et en puissance, au moins en richesses et en magnificence[2], je me vis réduit à la mendicité sans aucune ressource. Il fallut donc me

1. **Méconnaissants** : ingrats.
2. **Magnificence** : capacité à faire de grandes dépenses et de le montrer.

résoudre à demander l'aumône, et c'est ce que j'ai fait jusqu'à présent ; mais pour expier[1] mon crime envers Dieu, je m'imposai en même temps la peine d'un soufflet de la part de chaque personne charitable[2] qui aurait compassion de ma misère.

Voilà, Commandeur des croyants, le motif de ce qui parut hier si étrange à Votre Majesté, et de ce qui doit m'avoir fait encourir son indignation[3] ; je lui en demande pardon encore une fois comme son esclave, en me soumettant à recevoir le châtiment que j'ai mérité. Et si elle daigne[4] prononcer sur la pénitence que je me suis imposée, je suis persuadé qu'elle la trouvera trop légère, et beaucoup au-dessous de mon crime. »

Quand l'aveugle eut achevé son histoire, le calife lui dit : « Baba-Abdallah, ton péché est grand ; mais, Dieu soit loué de ce que tu en as connu l'énormité, et de la pénitence publique que tu en as faite jusqu'à présent. C'est assez, il faut que dorénavant tu la continues dans le particulier, en ne cessant de demander pardon à Dieu dans chacune des prières auxquelles tu es obligé chaque jour par ta religion ; et afin que tu n'en sois pas détourné par le soin de demander ta vie, je te fais une aumône ta vie durant de quatre dragmes[5] d'argent par jour de ma monnaie, que mon grand vizir te fera donner. Ainsi, ne t'en retourne pas, et attends qu'il ait exécuté mon ordre. »

À ces paroles Baba-Abdallah se prosterna devant le trône du calife, et en se relevant, il lui fit son remerciement, en lui souhaitant toute sorte de bonheur et de prospérité.

1. **Expier** : racheter.
2. **Charitable** : qui se montre bienfaisant envers les pauvre et les faibles.
3. **Indignation** : colère.
4. **Daigne** : accepte une chose indigne.
5. **Dragmes** : monnaie d'argent, d'origine grecque.

Histoire d'Ali Baba et de quarante voleurs exterminés par une esclave

La sultane Schéhérazade éveillée par la vigilance de Dinarzade, sa sœur, raconta au sultan des Indes, son époux, l'histoire à laquelle il s'attendait.

Puissant sultan, dit-elle, dans une ville de Perse, aux confins des états de Votre Majesté, il y avait deux frères, dont l'un se nommait Cassim et l'autre Ali Baba. Comme leur père ne leur avait laissé que peu de biens, et qu'ils les avaient partagés également, il semble que leur fortune devait être égale : le hasard néanmoins en disposa autrement.

Cassim épousa une femme qui, peu de temps après leur mariage, devint héritière d'une boutique bien garnie, d'un magasin rempli de bonnes marchandises, et de biens en fonds de terre[1] qui le mirent tout à coup à son aise, et le rendirent un des marchands les plus riches de la ville.

Ali Baba, au contraire, qui avait épousé une femme aussi pauvre que lui, était logé fort pauvrement, et il n'avait d'autre industrie pour gagner sa vie et de quoi s'entretenir, lui et ses

1. **Biens en fonds de terre** : biens immobiliers, propriétés.

enfants, que d'aller couper du bois dans une forêt voisine, et de venir le vendre à la ville, chargé sur trois ânes qui faisaient toute sa possession.

Ali Baba était un jour dans la forêt, et il achevait d'avoir coupé à peu près assez de bois pour faire la charge de ses ânes, lorsqu'il aperçut une grosse poussière qui s'élevait en l'air et qui avançait du côté où il était. Il regarde attentivement et il distingue une troupe nombreuse de gens à cheval qui venaient d'un bon train.

Quoiqu'on ne parlât pas de voleurs dans le pays, Ali Baba néanmoins eut la pensée que ces cavaliers pouvaient en être. Sans considérer ce que deviendraient ses ânes, il songea à sauver sa personne. Il monta sur un gros arbre dont les branches à peu de hauteur se séparaient en rond si près les unes des autres qu'elles n'étaient séparées que par un très petit espace. Il se posta au milieu avec d'autant plus d'assurance qu'il pouvait voir sans être vu ; et l'arbre s'élevait au pied d'un rocher isolé de tous les côtés, beaucoup plus haut que l'arbre, et escarpé de manière qu'on ne pouvait monter au haut par aucun endroit.

Les cavaliers, grands, puissants, tous bien montés et bien armés, arrivèrent près du rocher, où ils mirent pied à terre ; et Ali Baba, qui en compta quarante, à leur mine et à leur équipement, ne douta pas qu'ils ne fussent des voleurs. Il ne se trompait pas : en effet, c'étaient des voleurs qui, sans faire aucun tort aux environs, allaient exercer leurs brigandages bien loin et avaient là leur rendez-vous, et ce qu'il les vit faire le confirma dans cette opinion.

Chaque cavalier débrida son cheval, l'attacha, lui passa au cou un sac plein d'orge qu'il avait apporté sur la croupe, et ils se chargèrent chacun de leur valise ; et la plupart des valises parurent si pesantes à Ali Baba, qu'il jugea qu'elles étaient pleines d'or et d'argent monnayé.

Le plus apparent, chargé de sa valise comme les autres, qu'Ali Baba prit pour le capitaine des voleurs, s'approcha du rocher fort près du gros arbre où il s'était réfugié, et après qu'il se fut fait chemin au travers de quelques arbrisseaux, il prononça ces paroles si distinctement : « Sésame, ouvre-toi » qu'Ali Baba les entendit. Dès que le capitaine des voleurs les eut prononcées, une porte s'ouvrit, et après qu'il eut fait passer tous ses gens devant lui, et qu'ils furent tous entrés, il entra aussi et la porte se ferma.

Les voleurs demeurèrent longtemps dans le rocher, et Ali Baba, qui craignait que quelqu'un d'eux ou que tous ensemble ne sortissent s'il quittait son poste pour se sauver, fut contraint de rester sur l'arbre et d'attendre avec patience. Il fut tenté néanmoins de descendre pour se saisir de deux chevaux, en monter un et mener l'autre par la bride, et de gagner la ville en chassant ses trois ânes devant lui ; mais l'incertitude de l'événement fit qu'il prit le parti le plus sûr.

La porte se rouvrit enfin, les quarante voleurs sortirent, et au lieu que le capitaine était entré le dernier, il sortit le premier, et après les avoir vus défiler devant lui. Ali Baba entendit qu'il fit refermer la porte en prononçant ces paroles : « Sésame, refermetoi ». Chacun retourna à son cheval, le rebrida, rattacha sa valise et remonta dessus. Quand ce capitaine enfin vit qu'ils étaient tous prêts à partir, il se mit à la tête, et il reprit avec eux le chemin par où ils étaient venus.

Ali Baba n'est pas sûr qu'aucun voleur ne sorte de la grotte s'il essaie de s'enfuir, il préfère donc rester caché dans l'arbre.

Ali Baba ne descendit pas de l'arbre d'abord ; il dit en lui-même : « Ils peuvent avoir oublié quelque chose à les obliger de revenir, et je me trouverais attrapé si cela arrivait. » Il les conduisit de l'œil jusqu'à ce qu'il les eût perdus de vue, et il ne descendit que longtemps après pour plus grande sûreté. Comme il avait retenu les paroles par lesquelles le capitaine des voleurs avait fait ouvrir et refermer la porte, il eut la curiosité d'éprouver si en les prononçant, elles feraient le même effet. Il passa au travers des arbrisseaux, et il aperçut la porte qu'ils cachaient. Il se présenta devant, et dit : « Sésame, ouvre-toi », et dans l'instant la porte s'ouvrit toute grande.

Ali Baba s'était attendu à voir un lieu de ténèbres et d'obscurité ; mais il fut surpris d'en voir un bien éclairé, vaste et spacieux, creusé en voûte fort élevée à main, qui recevait la lumière du haut du rocher par une ouverture pratiquée de même. Il vit de grandes provisions de bouche, des ballots de riches marchandises en piles, des étoffes de soie et de brocart[1], des tapis de grand prix, et surtout de l'or et de l'argent monnayé par tas, et dans des sacs ou grandes bourses de cuir les unes sur les autres ; et, à voir toutes ces choses, il lui parut qu'il y avait non pas de longues années, mais des siècles que cette grotte servait de retraite à des voleurs qui avaient succédé les uns aux autres.

Ali Baba ne balança pas sur le parti qu'il devait prendre : il entra dans la grotte, et dès qu'il y fut entré, la porte se referma ; mais cela ne l'inquiéta pas : il savait le secret de la faire ouvrir. Il ne s'attacha pas à l'argent, mais à l'or monnayé, et particulièrement à celui qui était dans des sacs. Il en enleva à plusieurs fois autant qu'il pouvait en porter et qu'ils purent suffire pour faire

1. **Brocart** : étoffe de soie ornée de motifs souvent floraux en fils d'or et d'argent.

la charge de ses trois ânes. Il rassembla ses ânes qui étaient dispersés, et quand il les eut fait approcher du rocher, il les chargea des sacs, et pour les cacher, il accommoda du bois par-dessus, de manière qu'on ne pouvait les apercevoir. Quand il eut achevé, il se présenta devant la porte, et il n'eut pas prononcé ces paroles : « Sésame, referme-toi », qu'elle se referma, car elle s'était fermée d'elle-même chaque fois qu'il y était entré, et était demeurée ouverte chaque fois qu'il en était sorti. [...]

Ali Baba rentre chez lui et montre l'or à sa femme. Désirant compter cette fortune, elle va emprunter une mesure à sa belle-sœur : celle-ci, curieuse de savoir ce que la femme d'Ali Baba veut ainsi compter, enduit la mesure de suif. Lorsque la femme d'Ali Baba compte l'or, une pièce reste collée sous la mesure. La femme de Cassim, l'ayant trouvée, en informe son mari.

Loin d'être sensible au bonheur qui pouvait être arrivé à son frère pour se tirer de la misère, Cassim en conçut une jalousie mortelle. Il en passa presque la nuit sans dormir. Le lendemain, il alla chez lui, que le soleil n'était pas levé. Il ne le traita pas de frère, il avait oublié ce nom depuis qu'il avait épousé la riche veuve.

« Ali Baba, dit-il en l'abordant, vous êtes bien réservé dans vos affaires : vous faites le pauvre, le misérable, le gueux[1], et vous mesurez l'or !

– Mon frère, reprit Ali Baba, je ne sais de quoi vous voulez me parler, expliquez-vous.

– Ne faites pas l'ignorant, repartit Cassim, et en lui montrant la pièce d'or que sa femme lui avait mise entre les mains : combien

1. **Gueux** : mendiant.

avez-vous de pièces, ajouta-t-il, semblables à celle-ci que ma femme a trouvée attachée au-dessous de la mesure que la vôtre vint lui emprunter hier ? »

À ce discours, Ali Baba connut[1] que Cassim et la femme de Cassim (par un entêtement de sa propre femme) savaient déjà ce qu'il avait un si grand intérêt de tenir caché. Mais la faute était faite, elle ne pouvait se réparer. Sans donner à son frère la moindre marque d'étonnement ni de chagrin, il lui avoua la chose, et il lui raconta par quel hasard il avait découvert la retraite des voleurs, et en quel endroit ; et il lui offrit, s'il voulait garder le secret, de lui faire part du trésor.

« Je le prétends bien ainsi, reprit Cassim d'un air fier ; mais, ajouta-t-il, je veux savoir aussi où est précisément ce trésor, les enseignes[2], les marques, et comment je pourrais y entrer moi-même, s'il m'en prenait envie : autrement, je vais vous dénoncer à la justice. Si vous le refusez, non seulement vous n'aurez plus rien à en espérer, vous perdrez même ce que vous avez enlevé, au lieu que j'en aurai ma part pour vous avoir dénoncé. »

Ali Baba, plutôt par son bon naturel qu'intimidé par les menaces insolentes d'un frère barbare, l'instruisit pleinement de ce qu'il souhaitait et même des paroles dont il fallait qu'il se servît, tant pour entrer dans la grotte, que pour en sortir.

Cassim se rend à la grotte, l'ouvre en usant des paroles magiques, « Sésame, ouvre-toi », mais se trouve incapable de s'en souvenir au moment de sortir. Pris au piège, il est découvert par les voleurs, qui le tuent. Son corps est découpé en quartiers, placés à l'entrée de la grotte afin d'épouvanter celui qui en connaît le secret. Ali Baba, alerté par

1. **Connut** : comprit.
2. **Enseignes** : signes.

sa belle-sœur qui ne voit pas revenir son époux, part à la recherche de son frère. Il trouve les morceaux de son corps, et comprenant ce qui est arrivé, les rapporte à sa belle-sœur, en grand secret.

Ali Baba frappa à la porte, qui lui fut ouverte par Morgiane : cette Morgiane était une esclave adroite, entendue[1] et féconde[2] en inventions pour faire réussir les choses les plus difficiles, et Ali Baba la connaissait pour telle. Quand il fut entré dans la cour, il déchargea l'âne du bois et des deux paquets, et en prenant Morgiane à part : « Morgiane, dit-il, la première chose que je te demande, c'est un secret inviolable : tu vas voir combien il nous est nécessaire autant à ta maîtresse qu'à moi. Voilà le corps de ton maître dans ces deux paquets. Il s'agit de le faire enterrer comme s'il était mort de sa mort naturelle. Fais-moi parler à ta maîtresse et sois attentive à ce que je lui dirai. »

Morgiane avertit sa maîtresse, et Ali Baba, qui la suivait, entra.

« Eh bien ! beau-frère, demanda la belle-sœur à Ali Baba avec grande impatience, quelle nouvelle apportez-vous de mon mari ? Je n'aperçois rien sur votre visage qui doive me consoler.

– Belle-sœur, répondit Ali Baba, je ne puis vous rien dire qu'auparavant vous ne me promettiez de m'écouter depuis le commencement jusqu'à la fin sans ouvrir la bouche. Il ne vous est pas moins important qu'à moi, dans ce qui est arrivé, de garder un grand secret pour votre bien, et pour votre repos.

– Ah ! s'écria la belle-sœur sans élever la voix, ce préambule me fait connaître que mon mari n'est plus. Mais en même temps je connais la nécessité du secret que vous me demandez. Il faut bien que je me fasse violence ; dites, je vous écoute. »

1. **Entendue** : intelligente.
2. **Féconde** : qui produit beaucoup, riche.

Ali Baba raconta à sa belle-sœur tout le succès de son voyage jusqu'à son arrivée avec le corps de Cassim.

« Belle-sœur, ajouta-t-il, voilà un sujet d'affliction pour vous d'autant plus grand que vous vous y attendiez le moins. Quoique le mal soit sans remède, si quelque chose néanmoins est capable de vous consoler, je vous offre de joindre le peu de bien que Dieu m'a envoyé au vôtre, en vous épousant et en vous assurant que ma femme n'en sera pas jalouse, et que vous vivrez bien ensemble●. Si la proposition vous agrée[1], il faut songer à faire en sorte qu'il paraisse que mon frère est mort de sa mort naturelle, et c'est un soin dont il me semble que vous pouvez vous reposer sur Morgiane, et j'y contribuerai de mon côté de tout ce qui sera en mon pouvoir. » [...]

Ali Baba laissa la veuve de Cassim dans cette disposition, et après avoir recommandé à Morgiane de bien s'acquitter de son personnage, il retourna chez lui avec son âne.

Morgiane ne s'oublia pas ; elle sortit en même temps qu'Ali Baba et alla chez un apothicaire[2] qui était dans le voisinage. Elle frappe à la boutique, on ouvre, et elle demande d'une sorte de tablette très salutaire[3] dans les maladies les plus dangereuses. L'apothicaire lui en donna pour l'argent qu'elle avait présenté, en demandant qui était malade chez son maître.

« Ah ! dit-elle avec un grand soupir, c'est Cassim lui-même, mon bon maître. On n'entend rien à sa maladie, il ne parle, ni ne peut manger. »

1. **Agrée** : convient.
2. **Apothicaire** : celui qui prépare et vend des remèdes, des médicaments.
3. **Salutaire** : qui sauve.

● **La coutume orientale voulait que l'on épouse la veuve de son frère.**

Avec ces paroles, elle emporte les tablettes dont véritablement Cassim n'était plus en état de faire usage.

Le lendemain, la même Morgiane revient chez le même apothicaire, et demande, les larmes aux yeux, une essence[1] dont on avait coutume de ne faire prendre aux malades qu'à la dernière extrémité ; et on n'espérait rien de leur vie si cette essence ne les faisait revivre.

« Hélas, dit-elle avec une grande affliction en la recevant des mains de l'apothicaire, je crains fort que ce remède ne fasse pas plus d'effet que les tablettes. Ah ! que je perds un bon maître. »

D'un autre côté, comme on vit toute la journée Ali Baba et sa femme d'un air triste faire plusieurs allées et venues chez Cassim, on ne fut pas étonné sur le soir d'entendre des cris lamentables de la femme de Cassim, et surtout de Morgiane, qui annonçaient que Cassim était mort.

Le jour suivant de grand matin, le jour ne faisait que commencer à paraître, Morgiane qui savait qu'il y avait sur la place un bon homme de savetier[2] fort vieux, qui ouvrait tous les jours sa boutique le premier, longtemps avant les autres, sort et elle va le trouver. En l'abordant et en lui donnant le bonjour, elle lui mit une pièce d'or dans la main.

Baba Moustafa, connu de tout le monde sous ce nom ; Baba Moustafa, dis-je, qui était naturellement gai et qui avait toujours le mot pour rire, en regardant la pièce d'or à cause qu'il[3] n'était pas encore bien jour et en voyant que c'était de l'or : « Bonne étrenne[4], dit-il, de quoi s'agit-il ? Me voilà prêt à bien faire.

1. **Essence** : substance qu'on extrait de végétaux.
2. **Savetier** : artisan qui répare des chaussures usées.
3. **À cause qu'il** : parce qu'il.
4. **Étrenne** : cadeau.

– Baba Moustafa, lui dit Morgiane, prenez ce qui vous est nécessaire pour coudre, et venez avec moi promptement, mais à condition que je vous banderai les yeux quand nous serons dans un tel endroit. »

À ces paroles, Baba Moustafa fit le difficile.

« Oh ! oh ! reprit-il, vous voulez donc me faire faire quelque chose contre ma conscience ou contre mon honneur ? »

En lui mettant une autre pièce d'or dans la main : « Dieu garde, reprit Morgiane, que j'exige rien de vous que vous ne puissiez faire en tout honneur. Venez seulement, et ne craignez rien. »

Baba Moustafa se laissa mener, et Morgiane, après lui avoir bandé les yeux avec un mouchoir à l'endroit qu'elle avait marqué, le mena chez le défunt son maître, et elle ne lui ôta le mouchoir que dans la chambre où elle avait mis le corps, chaque quartier à sa place. Quand elle le lui eut ôté : « Baba Moustafa, dit-elle, c'est pour vous faire coudre les pièces que voilà que je vous ai amené. Ne perdez pas de temps, et quand vous aurez fait, je vous donnerai une autre pièce d'or. »

Quand Baba Moustafa eut achevé, Morgiane lui rebanda les yeux dans la même chambre, et après lui avoir donné la troisième pièce d'or qu'elle lui avait promise et lui avoir recommandé le secret, elle le ramena jusqu'à l'endroit où elle lui avait bandé les yeux en l'amenant ; et là, après lui avoir encore ôté le mouchoir, elle le laissa retourner chez lui, en le conduisant de vue jusqu'à ce qu'elle ne le vit plus, afin de lui ôter la curiosité de revenir sur ses pas pour l'observer elle-même.

Morgiane avait fait chauffer de l'eau pour laver le corps de Cassim : ainsi Ali Baba, qui arriva comme elle venait de rentrer, le lava, le parfuma d'encens[1] et l'ensevelit avec les cérémonies accoutumées. Le menuisier apporta aussi la bière[2] qu'Ali Baba avait pris le soin de commander.

Afin que le menuisier ne pût s'apercevoir de rien, Morgiane reçut la bière à la porte, et après l'avoir payé et renvoyé, elle aida Ali Baba à mettre le corps dedans ; et quand Ali Baba eut bien cloué les planches par-dessus, elle alla à la mosquée avertir que tout était prêt pour l'enterrement. Les gens de la mosquée destinés pour laver les corps morts s'offrirent pour venir s'acquitter de leur fonction, mais elle leur dit que la chose était faite.

Morgiane, de retour, ne faisait que de rentrer, quand l'iman[3] et d'autres ministres de la mosquée arrivèrent. Quatre des voisins assemblés chargèrent la bière sur leurs épaules, et en suivant l'iman, qui récitait des prières, ils la portèrent au cimetière. Morgiane en pleurs, comme esclave du défunt[4], suivit la tête nue, en poussant des cris pitoyables, en se frappant la poitrine de grands coups, et en s'arrachant les cheveux●, et Ali Baba marchait après, accompagné des voisins, qui se détachaient tour à tour, de temps en temps, pour relayer et soulager les autres voisins qui portaient la bière, jusqu'à ce qu'on arrivât au cimetière. [...]

Cassim enterré, Ali Baba épouse sa belle-sœur et emménage chez elle. Il donne la boutique qui appartenait à Cassim à son propre fils, qui est apprenti marchand. De leur côté, les voleurs ne retrouvent pas le corps de Cassim auprès de la grotte... Ils comprennent que

1. **Encens** : résine végétale que l'on fait brûler comme parfum, dans les cérémonies religieuses.
2. **Bière** : coffre dans lequel on place le corps d'un mort prêt à être enterré.
3. **Iman ou imam** : religieux musulman.
4. **Défunt** : mort.

● **Comme le veut la coutume, Morgiane, en tant qu'esclave, pleure publiquement et avec exagération la mort son maître.**

quelqu'un d'autre connaît leur secret. Leur chef décide d'envoyer l'un de ses voleurs en ville afin de s'informer. Celui-ci rencontre Baba Moustafa qui, après lui avoir révélé qu'il avait recousu un corps, le mène à la maison d'Ali Baba. Le voleur la marque d'une croix à la craie afin d'y revenir avec ses compagnons. Mais Morgiane, ayant vu la marque, trace des croix sur les autres portes. Ayant fait tué le voleur qui avait échoué, le chef des voleurs en envoie un autre qui n'a pas plus de succès. Le chef imagine alors un stratagème : il se fait passer pour un marchand d'huile et, ayant caché ses voleurs dans des vases, il se fait inviter chez Ali Baba. Celui-ci le reçoit sans le reconnaître.

Lithographie de Vairon pour *Les Contes des Mille et Une Nuits* (XIXe siècle).

« Vous êtes le bienvenu, lui dit-il, entrez. » Et en disant ces paroles, il lui fit place pour le laisser entrer avec ses mulets, comme il le fit.

En même temps, Ali Baba appela un esclave qu'il avait, et lui commanda, quand les mulets seraient déchargés, de les mettre non seulement à couvert dans l'écurie, mais même de leur donner du foin et de l'orge. Il prit aussi la peine d'entrer dans la cuisine, et d'ordonner à Morgiane d'apprêter promptement à souper pour l'hôte qui venait d'arriver, et de lui préparer un lit dans une chambre.

Ali Baba fit plus : pour faire à son hôte tout l'accueil possible, quand il vit que le capitaine des voleurs avait déchargé ses mulets, que les mulets avaient été menés dans l'écurie comme il l'avait commandé, et qu'il cherchait une place pour passer la nuit à l'air, il alla le prendre pour le faire entrer dans la salle où il recevait son monde, en lui disant qu'il ne souffrirait pas qu'il couchât dans la cour. Le capitaine des voleurs s'en excusa fort, sous prétexte de ne vouloir pas être incommode, mais dans le vrai, pour avoir lieu d'exécuter ce qu'il méditait avec plus de liberté, et il ne céda aux honnêtetés d'Ali Baba qu'après de fortes instances.

Ali Baba, non content de tenir compagnie à celui qui en voulait à sa vie jusqu'à ce que Morgiane lui eût servi le souper, continua de l'entretenir de plusieurs choses qu'il crut pouvoir lui faire plaisir, et il ne le quitta que quand il eut achevé le repas dont il l'avait régalé.

« Je vous laisse le maître, lui dit-il, vous n'avez qu'à demander toutes les choses dont vous pouvez avoir besoin, il n'y a rien chez moi qui ne soit à votre service. »

Le capitaine des voleurs se leva en même temps qu'Ali Baba et l'accompagna jusqu'à la porte, et pendant qu'Ali Baba alla dans la cuisine pour parler à Morgiane, il entra dans la cour sous prétexte d'aller à l'écurie voir si rien ne manquait à ses mulets.

Ali Baba, après avoir recommandé de nouveau à Morgiane de prendre un grand soin de son hôte, et de ne le laisser manquer de rien : « Morgiane, ajouta-t-il, je t'avertis que demain je vais au bain avant le jour ; prends soin que mon linge de bain soit prêt et de le donner à Abdallah (c'était le nom de son esclave), et fais-moi un bon bouillon pour le prendre à mon retour. »

Après lui avoir donné ces ordres, il se retira pour se coucher.

Le capitaine des voleurs cependant, à la sortie de l'écurie, alla donner à ses gens l'ordre de ce qu'ils devaient faire. En commençant depuis le premier vase jusqu'au dernier, il dit à chacun :

« Quand je jetterai de petites pierres de la chambre où l'on me loge, ne manquez pas de vous faire ouverture en fendant le vase depuis le haut jusqu'en bas, avec le couteau dont vous êtes muni, et d'en sortir ; aussitôt je serai à vous. »

Le couteau dont il parlait était pointu et affilé pour cet usage.

Cela fait, il revint, et comme il se fut présenté à la porte de la cuisine, Morgiane prit de la lumière et elle le conduisit à la chambre qu'elle lui avait préparée, où elle le laissa après lui avoir demandé s'il avait besoin de quelque autre chose. Pour ne pas donner de soupçon, il éteignit la lumière peu de temps après, et il se coucha tout habillé, prêt à se lever dès qu'il aurait fait son premier somme.

Morgiane n'oublia pas les ordres d'Ali Baba ; elle prépara son linge de bain, elle en charge Abdallah, qui n'était pas encore allé se coucher, elle met le pot au feu pour le bouillon, et pendant qu'elle écume le pot, la lampe s'éteint. Il n'y avait plus d'huile● dans la maison et la chandelle y manquait aussi. Que faire ? Elle a besoin cependant de voir clair pour écumer son pot ; elle en témoigne sa peine à Abdallah.

● À l'époque, on avait recours à des lampes à huile pour s'éclairer. L'huile était utilisée comme un combustible.

« Te voilà bien embarrassée, lui dit Abdallah, va prendre de l'huile dans un des vases que voilà dans la cour. »

Morgiane remercia Abdalla de l'avis, et pendant qu'il va se coucher près de la chambre d'Ali Baba pour le suivre au bain, elle prend la cruche à l'huile et elle va dans la cour. Comme elle se fut approchée du premier vase qu'elle rencontra, le voleur qui était caché dedans, demanda en parlant bas : « Est-il temps ? »

Quoique le voleur eût parlé bas, Morgiane néanmoins fut frappée de la voix d'autant plus facilement que le capitaine des voleurs, dès qu'il eut déchargé ses mulets, avait ouvert non seulement ce vase mais même tous les autres pour donner de l'air à ses gens, qui d'ailleurs y étaient fort mal à leur aise, sans y être encore privés de la facilité de respirer.

Toute autre esclave que Morgiane, aussi surprise qu'elle le fut en trouvant un homme dans un vase, au lieu d'y trouver de l'huile quelle cherchait, eût fait un vacarme capable de causer de grands malheurs. Mais Morgiane était au-dessus de ses semblables. Elle comprit en un instant l'importance de garder le secret, le danger pressant où se trouvait Ali Baba et sa famille, et où elle se trouvait elle-même, et la nécessité d'y apporter promptement le remède, sans faire d'éclat ; et par sa capacité elle en pénétra[1] d'abord les moyens. Elle rentra donc en elle-même dans le moment, et sans faire paraître aucune émotion, en prenant la place du capitaine des voleurs, elle répondit à la demande, et elle dit : « Pas encore, mais bientôt. » Elle s'approcha du vase qui suivait, et la même demande lui fut faite, et ainsi de suite, jusqu'à ce qu'elle arriva au dernier, qui était plein d'huile ; et à la même demande, elle donna la même réponse.

1. **Pénétra** : trouva.

Morgiane, ayant compris le stratagème, remplit tous les vases d'huile bouillante. Le capitaine s'éveille mais personne ne répond à son signal. Il s'approche des vases et constate la mort de tous ses voleurs. Il s'enfuit et imagine un autre moyen de se venger : sous le nom de Cogia Houssain, il se fait marchand et devient l'ami du fils d'Ali Baba qui l'invite à dîner. Cogia Houssain essaie de se retirer et prétexte qu'il ne mange pas de sel. Ali Baba demande à Morgiane de préparer le repas sans ce condiment.

« Qui est donc, dit-elle, cet homme si difficile qui ne mange pas de sel ? Votre souper ne sera plus bon à manger si je le sers plus tard.

– Ne te fâche pas, Morgiane, reprit Ali Baba, c'est un honnête homme. Fais ce que je te dis. »

Morgiane obéit, mais à contrecœur, et elle eut la curiosité de connaître cet homme qui ne mangeait pas de sel. Quand elle eut achevé et qu'Abdallah eut préparé la table, elle l'aida à porter les plats. En regardant Cogia Houssain, elle le reconnut d'abord pour le capitaine des voleurs, malgré son déguisement, et en l'examinant avec attention, elle aperçut qu'il avait un poignard caché sous son habit.

« Je ne m'étonne plus, dit-elle en elle-même, que le scélérat ne veuille pas manger de sel avec mon maître : c'est son plus fier ennemi, il veut l'assassiner, mais je l'en empêcherai. »

Quand Morgiane eut achevé de servir, ou de faire servir par Abdallah, elle prit le temps pendant que l'on soupait ; elle fit les préparatifs nécessaires pour l'exécution d'un coup des plus hardis, et elle venait d'achever lorsqu'Abdallah vint l'avertir qu'il était temps de servir le fruit. Elle porta le fruit, et dès qu'Abdallah eut levé ce qui était sur la table, elle le servit. Ensuite elle posa près d'Ali Baba une petite table sur laquelle elle mit le vin avec trois tasses, et en sortant, elle emmena Abdallah avec elle comme pour aller souper ensemble, et donner à Ali Baba, selon la coutume, la liberté de s'entretenir et de se réjouir agréablement avec son hôte, et de le faire bien boire.

Alors le faux Cogia Houssain, ou plutôt le capitaine des quarante voleurs, crut que l'occasion favorable pour ôter la vie à Ali Baba était venue. « Je vais, dit-il en lui-même, faire enivrer le père et le fils, et le fils, à qui je veux bien donner la vie, ne m'empêchera pas d'enfoncer le poignard dans le cœur du père, et je me sauverai par le jardin, comme je l'ai déjà fait, pendant que la cuisinière et l'esclave n'auront pas encore achevé de souper ou seront endormis dans la cuisine. »

Au lieu de souper, Morgiane, qui avait pénétré dans[1] l'intention du faux Cogia Houssain, ne lui donna pas le temps de venir à l'exécution de sa méchanceté. Elle s'habilla d'un habit de danseuse fort propre, prit une coiffure convenable, et se ceignit d'une ceinture d'argent doré, où elle attacha un poignard dont la gaine et le manche étaient de même métal, et avec cela elle appliqua un fort beau masque sur son visage. Quand elle se fut déguisée de la sorte, elle dit à Abdallah : « Abdallah, prends ton tambour de basque[2], et allons donner à l'hôte de notre maître, et ami de son fils, le divertissement que nous lui donnons quelquefois le soir. »

Abdallah prend le tambour de basque, il commence à en jouer en marchant devant Morgiane, et il entre dans la salle. Morgiane, en entrant après lui, fait une profonde révérence d'un air délibéré et à se faire regarder, comme en demandant la permission de faire voir ce qu'elle savait faire.

1. **Pénétré dans** : compris.
2. **Tambour de basque** : tambourin.

Comme Abdallah vit qu'Ali Baba voulait parler, il cessa de toucher le tambour de basque.

« Entre, Morgiane, entre, dit Ali Baba ; Cogia Houssain jugera de quoi tu es capable, et il nous dira ce qu'il en pensera. Au moins, Seigneur, dit-il à Cogia Houssain en se tournant de son côté, ne croyez pas que je me mette en dépense pour vous donner ce divertissement. Je le trouve chez moi, et vous voyez que ce sont mon esclave et ma cuisinière et dépensière[1] en même temps qui me le donnent. J'espère que vous ne le trouverez pas désagréable. »

Cogia Houssain ne s'attendait pas qu'Ali Baba dût ajouter ce divertissement au souper qu'il lui donnait. Cela lui fit craindre de ne pouvoir pas profiter de l'occasion qu'il croyait avoir trouvée. Au cas que cela arrivât, il se consola par l'espérance de la retrouver en continuant de ménager l'amitié du père et du fils. [...]

Quand Abdallah vit qu'Ali Baba et Cogia Houssain avaient cessé de parler, il recommença à toucher son tambour de basque et l'accompagna de sa voix sur un air à danser, et Morgiane, qui ne le cédait à aucune danseuse de profession, dansa d'une manière à se faire admirer même de toute autre compagnie que celle à laquelle elle donnait ce spectacle, dont il n'y avait peut-être que le faux Cogia Houssain qui y donnât le moins d'attention.

Après avoir dansé plusieurs danses avec le même agrément[2] et la même force, elle tira enfin le poignard et, en le tenant à la main, elle en dansa une dans laquelle elle se surpassa par les figures différentes, par les mouvements légers, par les sauts

1. **Dépensière** : qui s'occupe des dépenses de la maison.
2. **Agrément** : grâce.

surprenants et par les efforts merveilleux dont elle les accompagna, tantôt en présentant le poignard en avant, comme pour frapper, tantôt en faisant semblant de s'en frapper elle-même dans le sein.

Comme, hors d'haleine enfin, elle arracha le tambour de basque des mains d'Abdallah de la main gauche et en tenant le poignard de la droite, elle alla présenter le tambour de basque par le creux à Ali Baba, à l'imitation des danseurs et des danseuses de profession, qui en usent ainsi pour solliciter la libéralité de leurs spectateurs[1].

Ali Baba jeta une pièce d'or dans le tambour de basque de Morgiane. Morgiane s'adressa ensuite au fils d'Ali Baba, qui suivit l'exemple de son père. Cogia Houssain, qui vit qu'elle allait venir aussi à lui, avait déjà tiré la bourse de son sein pour lui faire son présent, et il y mettait la main dans le moment que Morgiane, avec un courage digne de la fermeté et de la résolution qu'elle avait montrées jusqu'alors, lui enfonça le poignard au milieu du cœur si avant qu'elle ne le retira qu'après lui avoir ôté la vie.

Morgiane explique son geste à Ali Baba et son fils épouvantés, dévoilant le poignard du faux Cogia Houssain, le chef des quarante voleurs. Plein de reconnaissance et d'admiration, Ali Baba la donne pour épouse à son fils.

Au bout d'innombrables nuits, Schéhérazade est parvenue à adoucir la colère du sultan, charmé par ses contes. Il décide de renoncer à la cruelle loi qu'il avait édictée et à cette nouvelle, tous les peuples de l'empire des Indes acclament Schahriar et Schéhérazade son épouse.

1. **Pour solliciter la libéralité de leurs spectateurs** : pour recevoir quelques pièces des spectateurs.

Miniature indienne anonyme, non datée, Paris, BNF.

Les Mille et Une Nuits

De célèbres récits d'Orient

REPÈRES

PARCOURS DE L'ŒUVRE

TEXTES ET IMAGE

Qu'est-ce qu'un conte ?

Le conte* est une forme de récit très ancienne. D'abord oral, il devient un genre littéraire à part entière quand des auteurs comme Charles Perrault, les frères Grimm ou Hans Christian Andersen le mettent par écrit. Genre populaire, le conte a une portée universelle et propose souvent un enseignement moral.

● AUX ORIGINES DU GENRE

À l'origine, les contes sont transmis à l'oral. Poètes et conteurs les racontent devant un public varié, lors de foires, à la cour de rois ou chez de riches particuliers. Peu à peu, avec le développement de l'écriture, les contes sont transcrits, parfois dans des versions différentes.

● LES CARACTÉRISTIQUES DU GENRE

Les contes sont destinés à divertir grâce à des aventures palpitantes. Dans un cadre spatio-temporel* indéfini, un héros part en quête d'une personne ou d'un objet. Il est confronté à des dangers et rencontre des personnages qui l'aident (les adjuvants*) ou lui font obstacle (les opposants*).

Le conte est souvent construit selon un schéma narratif* : la situation du début (situation initiale) est bouleversée par un événement (élément perturbateur). S'ensuivent des actions (péripéties) jusqu'à ce qu'un événement (élément de résolution) amène le dénouement du récit (situation finale).

Jacob (1785-1863) et Wilhelm (1786-1859) Grimm

Ces frères allemands, passionnés par la langue et les légendes germaniques, collectent dès 1806 des contes populaires qu'ils récrivent et publient sous le titre Contes de l'enfance et du foyer. *Parmi ces contes, on trouve les célèbres* Hansel et Gretel, Le Vaillant Petit Tailleur, Blanche-Neige *et* Cendrillon.

- **DES PERSONNAGES EXEMPLAIRES**

Dans un conte, le héros est souvent un être innocent, doté de qualités exceptionnelles. Des épreuves l'amènent à changer ou à être récompensé pour avoir souffert. Ainsi, le conte donne une leçon d'ordre moral : être trop curieux, désobéir ou faire le mal a de fâcheuses conséquences. En revanche, la bonté et la vertu se trouvent récompensées.

- **LE MERVEILLEUX***

L'univers des contes n'est pas celui de la vie réelle. Des événements surnaturels se produisent, des créatures merveilleuses (fées, ogres, animaux qui parlent) côtoient les êtres humains. La magie joue un rôle important.

La morale dans les contes

Dans Le Petit Chaperon rouge, *la fillette n'aurait pas dû écouter le loup : sa désobéissance cause la mort de sa grand-mère. Cendrillon et Blanche-Neige, deux jeunes filles belles et vertueuses, sont victimes de la jalousie de leurs belles-mères, mais elles finissent par échapper au mal et sont sauvées.*

Gravure de Gustave Doré pour *Le Petit Chaperon rouge* de Charles Perrault (1879), Paris, BNF.

Les Mille et Une Nuits, des « contes » orientaux ?

Issu d'une tradition orale ancienne et riche en merveilleux*, le recueil* Les Mille et Une Nuits *peut être assimilé à des contes*. Mais, par sa variété et son exotisme, il échappe à toute classification.

● DES RESSEMBLANCES AVEC LE CONTE OCCIDENTAL

Comme dans les contes*, le merveilleux* est très présent dans *Les Mille et Une Nuits* à travers des lieux et objets magiques, des génies ou des métamorphoses.

Les récits ont aussi une portée morale. Ainsi, Sindbad, même s'il reprend la mer à chaque fois malgré les dangers, en revient plus sage. Baba-Abdallah, au contraire, finit mendiant car il n'a pas écouté les conseils du derviche. Les personnages sont donc exemplaires : leurs qualités sont récompensées et leurs défauts punis.

● MILLE ET UNE HISTOIRES...

Cependant, *Les Mille et Une Nuits* présentent des particularités narratives et une variété qui les distinguent du conte. D'abord, les récits sont enchâssés* dans un récit-cadre*. Ensuite, comme le souligne l'expression « mille et une », les récits sont nombreux et variés. Par exemple, les voyages de Sindbad le marin relèvent du récit de voyage, *Aladin et la lampe merveilleuse* est un petit roman.

Enfin, les dialogues tiennent une place importante : chaque aventure est racontée à un interlocuteur. Baba-Abdallah narre ses malheurs au calife Haroun al-Rachid ; Sindbad fait le récit de ses voyages à ses invités dont Hindbad.

● UN UNIVERS ORIENTAL

Traduit en arabe au VIIIe siècle, le recueil reflète des réalités de l'époque des califes. Haroun al-Rachid et son vizir Giafar ont réellement existé ; Bagdad est alors la puissante capitale de l'empire musulman ; les voyages de Sindbad reflètent l'intensité du commerce entre le Moyen-Orient et des pays d'Orient ; enfin, les références à l'islam sont nombreuses.

Ainsi, *Les Mille et Une Nuits*, comme les contes, nous transportent dans un autre univers, celui de l'Orient.

Le schéma narratif* dans *Ali Baba*

Ali Baba découvre un trésor amassé par des voleurs. Il en dérobe une partie et révèle son secret à son frère Cassim (situation initiale). La mort de Cassim constitue l'élément perturbateur car le chef des voleurs se lance à la recherche d'Ali Baba. Les ruses qu'il invente (se déguiser en marchand d'huile et devenir l'ami du fils d'Ali Baba) sont les péripéties. L'élément de résolution (la danse de Morgiane) amène une fin heureuse : le chef des voleurs est tué et Ali Baba sauvé.

Lithographie (XIXe siècle), Paris, BNF.

Étape I • Entrer dans le récit des *Mille et Une Nuits*

SUPPORT • Le début et première nuit

OBJECTIF • Découvrir les constituants du récit-cadre*.

As-tu bien lu ?

1 De quels royaumes Schahriar et son frère Schahzenan sont-ils les rois ?

2 Qui est le père de Schéhérazade ?

3 Que transporte le marchand ?
☐ des biscuits et des pommes
☐ des gâteaux et des grenades
☒ des biscuits et des dattes

4 À quel moment de la journée Schéhérazade conte-t-elle ses histoires ?

La décision du sultan Schahriar

5 Pourquoi Schahriar décide-t-il d'épouser chaque jour une nouvelle femme puis de la tuer ?
☐ parce qu'il veut se marier avec toutes les plus belles femmes de son royaume
☒ parce qu'il veut se venger d'une épouse infidèle
☐ parce qu'il ne supporte pas la présence d'une épouse auprès de lui

6 Quel est le rôle du grand vizir ?

7 Approuve-t-il la décision du sultan ? Justifie ta réponse en citant le texte.

8 Relève les paroles de Schahriar qui montrent sa cruauté.

Le stratagème de Schéhérazade

9 Quelles sont les qualités de Schéhérazade ?

10 Quelle première impression fait-elle au sultan ? Justifie ta réponse en citant le texte.

11 Quel stratagème emploie-t-elle pour sauver sa vie ?

12 Lorsque Schéhérazade raconte l'histoire du marchand, à quel moment du récit s'interrompt-elle ? Pourquoi ce moment est-il bien choisi ?

La langue et le style

13 Quels sont les temps du passé employés dans le récit ? Relève un exemple pour chacun d'entre eux et précise l'infinitif du verbe.

14 Sur quel radical le verbe « raconter » est-il formé ? Donne les mots de la même famille* qui répondent aux définitions ci-dessous.
Narrateur* et narratrice de contes : un ....
et une ....
Rumeur souvent mensongère (langage familier) : un ....

Faire le bilan

15 Complète le texte qui résume le début des *Mille et Une Nuits* à l'aide des mots ci-dessous.
Dinarzade – conte – trompé – Perse – génie – Schahzenan – tue – vizir – Schahriar – connaître – Schéhérazade – marchand

Dans le royaume de ...., le roi .... reçoit son frère .... qui lui apprend que, comme lui, il est .... par sa femme. Schahriar la .... aussitôt. Il charge alors son .... de lui trouver chaque jour une nouvelle épouse qu'il fera mourir au matin. Un jour, ..., la fille du vizir, se propose pour épouser le sultan. Avec la complicité de sa sœur ...., elle entreprend de raconter au sultan l'histoire du .... et du .... afin de lui donner envie de...................... la suite du .... Ainsi, elle sera sauve.

À toi de jouer

16 À ton avis, quelles doivent être les qualités d'un bon conteur ? Par groupe de trois ou quatre élèves, choisissez un conte que vous lirez à la classe en suscitant la curiosité et en maintenant l'intérêt de vos auditeurs.

Étape 2 • Lire des récits dans le récit

SUPPORT • *Le Marchand et le Génie* et *Histoire du premier vieillard et de la biche*

OBJECTIF • Comprendre le principe du récit enchâssé*.

As-tu bien lu ?

1 Pour quelle raison le génie veut-il faire mourir le marchand ?

2 Combien de temps le génie accorde-t-il au marchand pour régler ses affaires ?
☐ un mois ☐ six mois ☒ un an

3 Qui est la biche qui accompagne le premier vieillard ?

4 Quels animaux accompagnent le second vieillard ?
☐ deux chevaux ☒ deux chiens ☐ deux chameaux

De multiples narrateurs*

5 Qui raconte ? À qui ? Complète les phrases par les noms de la liste ci-dessous.
Schahriar (2 fois) – Schéhérazade – premier vieillard – génie – second vieillard
- Le narrateur des *Mille et Une Nuits* nous raconte l'histoire de .... et du sultan ....
- Schéhérazade raconte *Le Marchand et le Génie* et *Histoire du premier vieillard et de la biche* à ....
- Le marchand raconte son histoire au ....
- Le vieillard raconte l'histoire du marchand au ....
- Le premier vieillard raconte son histoire au ....

6 Dans quel but le premier vieillard raconte-t-il son histoire au génie ?

7 Y parvient-il ? Justifie ta réponse en citant le texte.

Des histoires captivantes

8 Relève, dans les paroles que prononce le premier vieillard en introduction à son récit, les termes qui soulignent le caractère extraordinaire de ses aventures.

9 Quels sont les éléments qui font de ces deux récits des histoires captivantes ? Complète le tableau suivant.

	Dangers	Adjuvants*	Opposants*	Éléments merveilleux*
Histoire du marchand				
Histoire du premier vieillard et de la biche				

10 Selon toi, quel va être le rôle des deux autres vieillards ?

La langue et le style

11 Quel est le sentiment qui pousse l'épouse du premier vieillard à nuire ? Rédige une définition personnelle qui explique ce sentiment puis utilise ce mot dans une phrase de ton invention qui en éclairera le sens.

12 Dans l'*Histoire du premier vieillard et de la biche*, au moment du sacrifice de la vache (l. 34 à 44), relève deux noms et un adjectif évoquant des sentiments qui répondent aux définitions suivantes :
– sentiment de sympathie envers quelqu'un dont on comprend la souffrance : comp............... .
– sentiment qui pousse à vouloir faire plaisir à quelqu'un : comp............... .
– se dit d'une personne capable d'éprouver de la pitié : pit............... .

Faire le bilan

13 En t'appuyant sur les réponses précédentes, explique oralement ce qu'est un récit enchâssé et en quoi ce procédé joue un rôle essentiel dans *Les Mille et Une Nuits*.

À toi de jouer

14 Le poète latin Ovide a composé un recueil intitulé *Les Métamorphoses*. Fais une recherche sur cette œuvre et choisis l'une des légendes racontées par Ovide. Tu la présenteras à ta classe, assortie d'une image relative à cette légende.

Étape 3 • Lire un récit de voyage et d'aventures

SUPPORT • *Histoire de Sindbad le marin*

OBJECTIF • Analyser les péripéties et le merveilleux*.

As-tu bien lu ?

1 Sous le règne de quel calife l'action se déroule-t-elle ?

2 Quel est le métier de Hindbad ?
☐ portier ☐ potier ☒ porteur

3 Qu'est-ce qu'un roc ?
☒ un oiseau merveilleux ☐ un serpent ☐ un monstre marin

Sindbad le voyageur

4 Quels éléments montrent à Hindbad qu'un magnifique festin a lieu dans la maison de Sindbad ?

5 Qu'est-ce qui, selon Hindbad, fait de Sindbad un homme heureux ?

6 « Vous vous imaginez sans doute […] pas fâchés de l'entendre » (l. 69 à 82) : relève dans ces paroles de Sindbad les expressions qui évoquent ses voyages.

7 Relève les mots appartenant au champ lexical* de la mer et de la navigation.

Des aventures périlleuses

8 À quels périls Sindbad est-il exposé ?
1er péril (l. 91 à 97) : ……………………………………
2e péril (l. 147 à 154) : ……………………………………
3e péril (l. 169 à 174) : ……………………………………
4e péril (l. 175 à 183) : ……………………………………
5e péril (l. 227 à 239) : ……………………………………

9 Quel rôle joue le roc dans le voyage de Sindbad ?

10 Quel procédé les marchands emploient-ils pour se procurer les diamants ?

11 Pourquoi les rhinocéros de l'île de Roha sont-ils assimilés à des animaux merveilleux* ?

La langue et le style

12 Le mot « merveilleux » est issu du mot latin *mirabilia* qui signifie « choses étonnantes, hors du commun ». Dans l'extrait suivant, relève les noms et les adjectifs qui soulignent la nature merveilleuse du roc et de son œuf.
« [Le roc] était un oiseau d'une grandeur et d'une grosseur extraordinaire, qui s'avançait de mon côté en volant. Je me souvins d'un oiseau appelé roc, dont j'avais souvent ouï parler aux matelots, et je conçus que la grosse boule que j'avais tant admirée, devait être un œuf de cet oiseau. »

Faire le bilan

13 En t'appuyant sur tes réponses précédentes, montre que Sindbad le marin est un aventurier. Utilise dans ta réponse les mots ci-dessous.
navigation – ingénieux – richesses – dangers – voyage – découvertes – extraordinaire(s) – curiosité – aventure(s)

À toi de jouer

15 Par groupe de trois ou quatre élèves, faites une recherche sur le voyage d'Ulysse, le héros de l'*Odyssée* d'Homère ainsi que sur les autres voyages de Sindbad. Dressez un inventaire des dangers et des créatures affrontés par chacun des deux héros et comparez-les, en remarquant les points communs et les différences de leurs expériences.

16 Imagine que tu es Sindbad et que tu voyages en mer. Rédige une page de ton journal de bord dans laquelle tu racontes une de tes aventures.

Étape 4 • Lire un récit exemplaire

SUPPORT • *Histoire de l'aveugle Baba-Abdallah*

OBJECTIF • Comprendre la portée morale d'un récit des *Mille et Une Nuits*.

As-tu bien lu ?

1 Comment Haroun al-Rachid est-il appelé ?
☒ Votre Majesté ☐ Commandeur des croyants ☐ grand calife

2 Que fait Haroun al-Rachid pendant la nuit ?

3 Que lui demande le mendiant aveugle en échange de son aumône ?

4 Que demande le derviche à Baba-Abdallah en échange de l'accès au trésor ?

Une bonne aubaine

5 De quelle façon le derviche accède-t-il au trésor ? Justifie ta réponse en citant le texte.

6 Sous quel prétexte Baba-Abdallah se décide-t-il à redemander au derviche les chameaux qu'il lui a cédés ? Relève une phrase qui le prouve.

7 Quels sentiments animent Baba-Abdallah à ce moment-là ? Justifie ta réponse.

8 Quel objet magique désire ensuite obtenir Baba-Abdallah ?
☐ un tapis ☐ une boîte de pommade ☐ une lampe

La punition

9 Pourquoi Baba-Abdallah devient-il aveugle ?

10 Quels adjectifs le derviche utilise-t-il pour qualifier Baba-Abdallah ?

11 « C'est l'aveuglement du cœur qui t'a attiré celui du corps ! » (l. 178) : explique cette phrase.

12 Dans les paroles du derviche et d'Haroun al-Rachid, relève les expressions qui montrent que Baba-Abdallah doit se faire pardonner par Dieu.

La langue et le style

13 **a)** Identifie le temps de chacun des verbes conjugués dans cette phrase : « Il t'avait donné des richesses dont tu étais indigne ; il te les a ôtées, et il va les donner par mes mains à des hommes qui n'en seront pas méconnaissants comme toi. »

b) Relie chaque pronom personnel du texte au nom auquel il se rapporte.

il •	• richesses
tu (te, t', toi) •	• Dieu
les •	• Baba-Abdallah

c) Récris cette phrase comme si c'était Dieu qui s'adressait à Baba-Abdallah. Utilise la première personne du singulier au lieu de la troisième.

Faire le bilan

14 Complète le texte suivant à l'aide de la liste de mots. Tu comprendras en quoi l'histoire de Baba-Abdallah constitue un récit exemplaire.

cupide – quarante – richesses – l'œil droit – pommade – trésor – un seul – magique – derviche – trésors – aveugle

Baba-Abdallah est un riche marchand qui a la chance, un jour, de rencontrer un mystérieux .... Celui-ci lui révèle l'existence d'un .... fabuleux auquel il lui donne accès par une cérémonie .... Mais Baba-Abdallah est cupide : d'abord il ne veut céder au derviche qu'............... chameau chargé de .... puis il parvient à lui reprendre les .... chameaux donnés. De plus, il souhaite savoir ce qu'est la .... magique du derviche. Non content de voir des .... de l'œil gauche, il demande au derviche de lui en appliquer sur .... et devient .... Baba-Abdallah est puni pour avoir été trop .... : son histoire est exemplaire car elle illustre le châtiment réservé à ce vice.

À toi de jouer

15 Un jour, sur le pont où mendie Baba-Abdallah, passe le derviche qu'il a connu jadis. Imagine leur rencontre et ce qu'ils se disent après tant d'années.

Étape 5 • Analyser un conte célèbre

SUPPORT • *Histoire d'Ali Baba*

OBJECTIFS • Analyser la structure du conte* et mettre en évidence le rôle de la ruse.

As-tu bien lu ?

1 Qui est Ali Baba ?
- ☐ un riche marchand
- ☒ un bûcheron
- ☐ un menuisier

2 Quelle formule magique ouvre la grotte au trésor ?
- ☐ Sésame, écoute-toi
- ☒ Sésame, ouvre-toi
- ☐ Sarrazin, ouvre-toi

3 Qui est Baba Moustafa ?
- ☒ un savetier
- ☐ un tailleur
- ☐ un mendiant

4 Pour qui le chef des voleurs ne se fait-il pas passer ?
- ☐ un marchand d'huile
- ☐ un ami du fils d'Ali Baba
- ☒ un artisan

De dangereuses péripéties

5 Rétablis l'ordre chronologique des actions suivantes :

Morgiane va chez l'apothicaire.
Cassim se rend à la grotte des voleurs.
Baba Moustafa recoud le corps de Cassim.
Ali Baba coupe du bois dans la forêt.
La femme de Cassim découvre que sa belle-sœur mesure de l'or.
Ali Baba découvre la grotte au trésor.
Ali Baba retourne à la grotte et trouve son frère mort.

6 Pour quelle raison Ali Baba fait-il passer la mort de son frère pour naturelle ?

La ruse, ressort de l'action

7 Complète le tableau suivant afin d'identifier les ruses que Morgiane trouve à chaque fois pour contrecarrer celles du chef des voleurs.

	Le chef des voleurs	**Morgiane**
1re ruse (dans les rues de Bagdad)	but : objet utilisé :	but : objet utilisé :
2e ruse (dans la maison d'Ali Baba)	but : objet utilisé :	but : objet utilisé :
3e ruse (dans la maison d'Ali Baba)	but : objet utilisé :	but : objet utilisé :

8 Quel indice fait comprendre à Morgiane que Cogia Houssain est le chef des voleurs ?

9 En quoi le stratagème qu'elle imagine pour tuer le chef des voleurs est-il particulièrement habile ?

La langue et le style

10 Dans la scène du meurtre de Cogia Houssain par Morgiane (« Après avoir dansé plusieurs danses [...] qu'après lui avoir ôté la vie », l. 433 à 455), relève :
- les verbes conjugués puis identifie le temps et le sujet de chacun d'eux ;
- les compléments circonstanciels de temps.

Faire le bilan

11 En t'appuyant sur tes réponses précédentes, rédige un paragraphe montrant que Morgiane, la rusée, peut être considérée comme la véritable héroïne de l'histoire.

À toi de jouer

12 Tu es le vizir et tu mènes l'enquête sur le meurtre de Cogia Houssain. Tu fais venir Morgiane pour l'interroger. Rédige le dialogue de cet interrogatoire.

Étape 6 • Étudier les personnages des *Mille et Une Nuits*

SUPPORT • Le recueil entier

OBJECTIF • Identifier les défauts et les qualités incarnés par les personnages.

As-tu bien lu ?

1 Qu'est-ce qui fait la réputation de Sindbad ?
- ☐ sa cruauté
- ☒ ses voyages
- ☐ son avidité

2 Qu'arrive-t-il à Cassim, le frère d'Ali Baba ?
- ☐ Il s'enfuit avec une partie du trésor.
- ☒ Il est tué par les voleurs.
- ☐ Il accepte de dénoncer son frère pour avoir la vie sauve.

3 Qui est Giafar pour Haroun al-Rachid ?
- ☐ son frère
- ☐ son meilleur ami
- ☒ son vizir

4 Qui sont les personnages féminins dans ces récits ?

Jalousie et soif de richesses

5 Pour quelle raison la femme du premier vieillard métamorphose-t-elle l'esclave de son mari et son fils ? Cite deux personnages de l'histoire d'Ali Baba qui sont poussés par ce même sentiment.

6 Quel est le point commun entre Cassim et Baba-Abdalla ? Développe ta réponse en comparant ce qui leur arrive.

7 En quoi la richesse est-elle un thème très présent :
- dans l'histoire de Sindbad le marin ?
- dans tout le recueil ?

Sagesse et ingéniosité

8 Quelles sont les qualités de Sindbad le marin ?

9 Pourquoi peut-on dire que la fille du fermier dans l'*Histoire du premier vieillard et de la biche* agit au nom de la justice ?

10 En quoi le derviche dans l'*Histoire de l'aveugle Baba-Abdallah* apparaît-il comme un sage ?

11 Cite deux actions de Morgiane qui montrent son ingéniosité.

La langue et le style

12 Le terme « ingénieux » vient du latin *ingenium* qui désigne l'intelligence.

a) Quel nom de personnage merveilleux* des *Mille et Une Nuits* en est également issu ?

b) Trouve un mot français issu des mots latins suivants puis emploie chacun d'eux dans une phrase de ton invention.
spiritus – mens, mentis – intelligens

13 Nomme les antonymes de chacun des adjectifs qualificatifs ci-dessous.
généreux – altruiste – sage – bon – courageux – vertueux

Faire le bilan

14 En t'appuyant sur tes réponses précédentes et sur l'étape 4, montre que les personnages vertueux sont récompensés et ceux qui ont des vices punis.

À toi de jouer

15 Imagine et rédige le récit du second vieillard. Pour composer ton récit, tiens compte du fait que les deux chiens qui l'accompagnent sont ses frères qui ont été punis par cette transformation pour avoir été méchants avec lui.

Le narrateur* est le vieillard lui-même. Il explique les raisons et les circonstances de cette métamorphose.

Étape 7 • Exploiter les informations de l'enquête

SUPPORT • Le recueil entier et l'enquête

OBJECTIF • Identifier les éléments qui inscrivent les récits des *Mille et Une Nuits* dans un monde musulman authentique.

As-tu bien lu ?

1 Quels sont les titres de récits qui font apparaître le nom d'une profession ?

2 Relie chaque personnage au métier qui est le sien.

Ali Baba •	• commerçant
Cassim •	• esclave et intendante
Hindbad •	• bûcheron
Morgiane •	• porteur

3 Qui sont les deux personnages historiques apparaissant dans *Les Mille et Une Nuits* ?

4 D'après l'enquête, quels sont leurs liens ?

Un monde de voyageurs

5 Complète le tableau suivant.

Personnage qui voyage	Moyen de transport	But du voyage
Le marchand		
Sindbad		
Ali Baba		

6 En t'appuyant sur l'enquête, explique en quoi les déplacements sont indispensables au commerce.

7 Pour quelles raisons les hommes de science comme Ibn Sina ou Al-Idrisi ont-ils voyagé ?

Richesses de l'empire

8 **a)** Quels sont les royaumes de Schahriar, de Schazehnan et d'Haroun al-Rachid ?

b) Situe-les sur la carte présente dans l'enquête pour voir dans quelle partie du monde musulman ils se trouvent.

c) Jusqu'où l'empire musulman s'étend-il à l'ouest ?

9 **a)** Quelle pierre précieuse est convoitée par Sindbad et les autres marchands ?

b) En t'appuyant sur l'enquête, cite d'autres matériaux précieux importés dans l'empire.

10 Relie chaque savant à sa spécialité.

Al-Khwarizmi •	• géographie
Al-Idrisi •	• médecine
Ibn Sina (Avicenne) •	• mathématiques

11 **a)** Recherche dans un dictionnaire l'étymologie* et la définition des mots ci-dessous.
alchimie – alcool – algèbre – chiffre – sirop – zénith – zéro

b) Quel est leur point commun ?

Faire le bilan

12 En t'appuyant sur tes réponses précédentes, explique à l'oral pourquoi *Les Mille et Une Nuits* sont des récits qui font voyager le lecteur dans un univers oriental et le font rêver.

À toi de jouer

13 Tu es un savant de l'époque d'Haroun al-Rachid. Tu as besoin de soutien (argent, logis, accès à des lieux d'étude) pour tes travaux de recherche. Écris-lui une lettre pour solliciter son aide en lui expliquant le but de tes travaux et en lui démontrant qu'il pourrait avoir besoin de toi.

Leçons de sagesse : groupement de documents

OBJECTIF • Comparer plusieurs documents sur le thème de la sagesse.

DOCUMENT 1 JIHAD DARWICHE, *Le Fils de Nasreddine.*

Nasreddine est un personnage populaire dans le monde arabo-musulman où il est connu sous différents noms : Nasreddine Hodja en Turquie, en Iran et au Pakistan ; Joha ou Djeha au Maghreb ; Goha en Égypte. Il est le protagoniste de courts récits souvent drôles dans lesquels, malgré son apparente folie, il délivre un enseignement plein de sagesse.

Le fils de Nasreddine avait treize ans. Il ne se croyait pas beau. Il était même tellement complexé qu'il refusait de sortir de la maison. « Les gens vont se moquer de moi », disait-il sans arrêt. Son père lui répétait toujours qu'il ne faut pas écouter ce que disent les gens parce qu'ils critiquent souvent à tort et à travers, mais le fils ne voulait rien entendre. Nasreddine dit alors à son fils : « Demain, tu viendras avec moi au marché. »

Fort tôt le matin, ils quittèrent la maison. Nasreddine Hodja s'installa sur le dos de l'âne et son fils marcha à côté de lui.

À l'entrée de la place du marché, des hommes étaient assis à bavarder. À la vue de Nasreddine et de son fils, ils lâchèrent la bride à leurs langues : « Regardez cet homme, il n'a aucune pitié ! Il est bien reposé sur le dos de son âne et il laisse son pauvre fils marcher à pied. Pourtant, il a déjà bien profité de la vie, il pourrait laisser la place aux plus jeunes. » Nasreddine dit à son fils : « As-tu bien entendu ? Demain, tu viendras avec moi au marché ! »

Le deuxième jour, Nasreddine et son fils firent le contraire de ce qu'ils avaient fait la veille : le fils monta sur le dos de l'âne et Nasreddine marcha à côté de lui. À l'entrée de la place, les mêmes hommes étaient là. Ils s'écrièrent à la vue de Nasreddine et de son fils : « Regardez cet enfant,

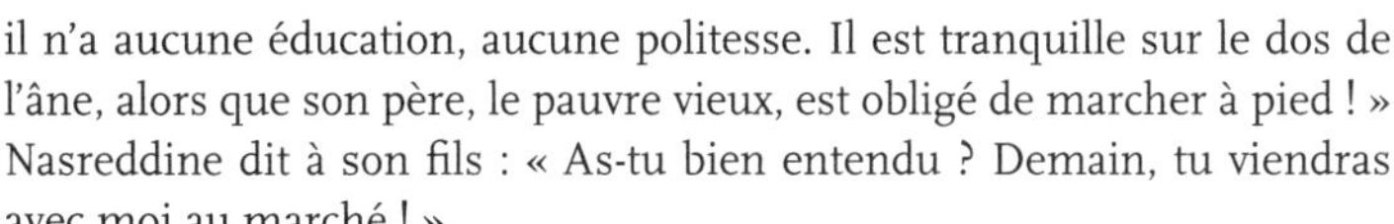

il n'a aucune éducation, aucune politesse. Il est tranquille sur le dos de l'âne, alors que son père, le pauvre vieux, est obligé de marcher à pied ! » Nasreddine dit à son fils : « As-tu bien entendu ? Demain, tu viendras avec moi au marché ! »

Le troisième jour, Nasreddine Hodja et son fils sortirent de la maison à pied en tirant l'âne derrière eux, et c'est ainsi qu'ils arrivèrent sur la place. Les hommes se moquèrent d'eux : « Regardez ces deux imbéciles, ils ont un âne et ils n'en profitent même pas. Ils marchent à pied sans savoir que l'âne est fait pour porter les hommes. » Nasreddine dit à son fils : « As-tu bien entendu ? Demain, tu viendras avec moi au marché ! »

Le quatrième jour, lorsque Nasreddine et son fils quittèrent la maison, ils étaient tous les deux juchés sur le dos de l'âne. À l'entrée de la place, les hommes laissèrent éclater leur indignation : « Regardez ces deux-là, ils n'ont aucune pitié pour cette pauvre bête ! » Nasreddine dit à son fils : « As-tu bien entendu ? Demain, tu viendras avec moi au marché ! »

Le cinquième jour, Nasreddine et son fils arrivèrent au marché portant l'âne sur leurs épaules. Les hommes éclatèrent de rire : « Regardez ces deux fous ; il faut les enfermer ; ce sont eux qui portent l'âne au lieu de monter sur son dos. »

Et Nasreddine Hodja dit à son fils : « As-tu bien entendu ? Quoi que tu fasses dans la vie, les gens trouveront toujours à redire et à critiquer. Il ne faut pas écouter ce que disent les gens. »

In *Sagesses et malices de Nasreddine, le fou qui était sage*, éd. Albin Michel Jeunesse, collection « Sagesses et Malices », 2000.

DOCUMENT 2 JIHAD DARWICHE, *Le Manteau de Nasreddine.*

Voici une nouvelle aventure de Nasreddine, personnage haut en couleur, présenté dans le document 1.

Un soir que Nasreddine revenait de son travail dans les champs avec des vêtements sales et crottés, il entendit chanter et rire et il comprit qu'il y avait une fête dans les environs.

Or, chez nous, quand il y a une fête, tout le monde peut y participer. Nasreddine poussa donc la porte de la maison et sourit de bonheur : une bonne odeur de couscous se dégageait de la cuisine. Mais il ne put aller plus loin : il était tellement mal habillé qu'on le chassa sans ménagement. En colère, il courut jusqu'à sa maison, mit son plus beau manteau et revint à la fête. Cette fois, on l'accueillit, on l'installa confortablement et on posa devant lui à manger et à boire. Nasreddine prit alors du couscous, de la sauce et du vin, et commença à les verser sur son manteau. Et il disait : « Mange, mon manteau ! Bois, mon manteau ! »
L'homme assis à son côté lui dit : « Que fais-tu, malheureux ? Es-tu devenu fou ? – Non, l'ami, lui répondit Nasreddine. En vérité, moi je ne suis pas invité ; c'est mon manteau qui est invité. »

In *Sagesses et malices de Nasreddine, le fou qui était sage*, éd. Albin Michel Jeunesse, collection « Sagesses et Malices », 2000.

DOCUMENT 3 JEAN DE LA FONTAINE, *Le Laboureur et ses enfants.*

Jean de La Fontaine, poète du siècle de Louis XIV, est resté célèbre pour ses Fables *qui mettent en scène des personnes ou des animaux et livrent une moralité.*

Travaillez, prenez de la peine.
C'est le fonds qui manque le moins.
Un riche laboureur sentant sa mort prochaine,
Fit venir ses enfants, leur parla sans témoins.
Gardez-vous, leur dit-il, de vendre l'héritage
Que nous ont laissé nos parents.
Un trésor est caché dedans.
Je ne sais pas l'endroit ; mais un peu de courage
Vous le fera trouver, vous en viendrez à bout.

Remuez votre champ dès qu'on aura fait l'août.
Creusez, fouillez, bêchez, ne laissez nulle place
Où la main ne passe et repasse.
Le père mort, les fils vous retournent le champ
Deçà, delà, par tout ; si bien qu'au bout de l'an
Il en rapporta davantage.
D'argent, point de caché. Mais le père fut sage
De leur montrer avant sa mort,
Que le travail est un trésor.

In *Fables*, livre IV, 17, 1668.

DOCUMENT 4

GUSTAVE DORÉ, *frontispice aux* Contes* *de Perrault (1867)*.

Le frontispice est l'illustration que l'on trouve traditionnellement sur la couverture d'un livre. Au lieu de représenter une scène marquante de l'un des contes de Charles Perrault, le graveur, Gustave Doré, a préféré dessiner une grand-mère lisant des contes à des enfants.

Gravure de Gustave Doré, pour *La Lecture des contes en famille* (1862), Paris, BNF.

As-tu bien lu ?

1 Document 1 : avec qui Nasreddine se rend-il au marché ?

2 Quel animal emmènent-ils avec eux ?
- ☐ une mule
- ☐ un chameau
- ☐ un âne

3 Document 2 : pourquoi Nasreddine n'est-il pas invité à manger ?

4 Document 3 : quel conseil le laboureur donne-t-il à ses enfants avant de mourir ?

L'enseignement d'une sagesse

5 Document 1 : complète le tableau suivant à l'aide du texte.

	Façon dont Nasreddine et son fils entrent au marché	**Commentaire des hommes**
Journée 1		
Journée 2		
Journée 3		
Journée 4		
Journée 5		

6 En t'appuyant sur tes réponses précédentes, montre que Nasreddine a raison lorsqu'il dit qu'« il ne faut pas écouter ce que disent les gens ».

7 Document 2 : que fait Nasreddine pour être invité à la fête ?

8 Que fait-il d'étrange lors du repas ?

9 Que veut-il ainsi prouver ?

10 Document 3 : que font les enfants du laboureur après sa mort ? Pourquoi ?

11 Quel est le « trésor » qui se trouve dans le champ du laboureur ?

12 À ton avis, pourquoi le laboureur a-t-il agi ainsi ?

Lire l'image

13 Que font les personnages représentés sur l'image ?

14 Explique l'expression des visages des petites filles que l'on voit de face.

Faire le bilan

15 Quels procédés le conte* ou la fable* emploient-t-ils pour délivrer une leçon de sagesse (choix des situations, des personnages, du langage textuel et pictural) ?

À toi de jouer !

16 Rédige une fable* à la façon de Jean de la Fontaine. Compose un poème d'une dizaine de lignes mettant en scène des humains ou des animaux qui illustrera la moralité suivante : « Qui désire trop s'en repent amèrement. »

Les Mille et Une Nuits *est un voyage à travers l'espace et le temps : en Orient, au Moyen Âge (*VIIIe-XIe *siècle), après la naissance de l'islam et du système du califat. Se développe alors un empire riche et prospère. Plusieurs récits de Schéhérazade évoquent cette culture florissante ainsi que les pratiques musulmanes. Mais, comment vivait-on au temps des califes et qui était Haroun al-Rachid ? Comment les sciences et l'art ont-ils bouleversé l'Orient ?*

Comment vivait-on au temps des califes ?

1 Comment le monde arabe devient-il musulman ?

Au VIIe siècle, l'Arabie connaît un bouleversement avec la naissance d'une nouvelle religion, l'islam, qui révèle un Dieu unique, Allah. L'islam se répand au prix de luttes et de conquêtes qui font de son prophète Mahomet un chef spirituel puissant. Mais, à sa mort, se pose le problème de sa succession.

• AVANT LE VIIe SIÈCLE

La péninsule arabique s'étend entre la mer Rouge à l'ouest, le golfe persique à l'est et l'océan Indien au sud. L'intérieur de la péninsule est constitué de steppes et de déserts où vivent des tribus nomades. Leurs oasis sont situées sur des routes commerciales. La côte sud-ouest est jalonnée de ports permettant un commerce important. Près des côtes méditerranéennes se sont développés des royaumes prospères. Les Arabes sont polythéistes et rendent un culte aux divinités de la nature et aux esprits.

• LA NAISSANCE DE L'ISLAM

Mahomet naît vers 570 à la Mecque, dans une tribu de commerçants. Habitué à prier dans les montagnes, il aurait reçu vers 610 la visite de l'ange Gabriel qui lui révèle l'existence d'Allah et lui transmet ses instructions.

Mahomet se met alors à prêcher : il annonce qu'il ne faut adorer qu'un seul Dieu. Mais les Arabes, polythéistes, rejettent cette révélation et chassent le prophète de La Mecque. Mahomet se réfugie à Yathrib. Cette fuite s'appelle l'Hégire et marque la date du début du calendrier musulman, en septembre 622. Mahomet se met à la tête d'une troupe armée pour convertir les Arabes à l'islam. Il parvient à conquérir La Mecque en 630 où il meurt, deux ans plus tard.

Le Coran

Mahomet, qui ne savait ni lire ni écrire, apprit par cœur les révélations de l'ange Gabriel. Elles seront transcrites après la mort du prophète pour former un livre devenu sacré pour les musulmans, le Coran.

LES PREMIERS CALIFES

À la mort du prophète, qui n'a pas choisi de successeur, ses proches décident d'en élire un : Abu Bakr, beau-père et ami de Mahomet, est le premier calife (mot qui signifie « successeur »). Il fait la guerre aux tribus qui rejettent l'islam ainsi qu'aux rebelles qui refusent de payer les taxes. Abu Bakr étend peu à peu les conquêtes du prophète. Le quatrième calife est le cousin de Mahomet, Ali, qui n'a pas reconnu l'élection des trois premiers califes et est accusé d'être responsable de la mort de son prédécesseur. Une guerre civile éclate alors et Ali est assassiné à son tour. À sa mort, en 661, son ennemi Muawiya prend le pouvoir et fonde la dynastie des Omeyyades.

LES GRANDES DYNASTIES

Au fil des siècles, différentes familles prennent le pouvoir. Les Omeyyades règnent à Damas (Syrie). Mais d'autres califes voulant régner instaurent leur propre dynastie. En 750, les Abbassides chassent les Omeyyades et fondent en 762 leur capitale à Bagdad (actuellement en Irak). Ils règnent sur la Perse jusqu'en 1258. Les Fatimides règnent, dès 909 et jusqu'au XIIe siècle, sur un royaume englobant la Syrie et une partie du Maghreb. Les Omeyyades, chassés de Damas, s'installent en 756 à Cordoue (Espagne) et dominent la péninsule ibérique et une autre partie du Maghreb jusqu'en 1031.

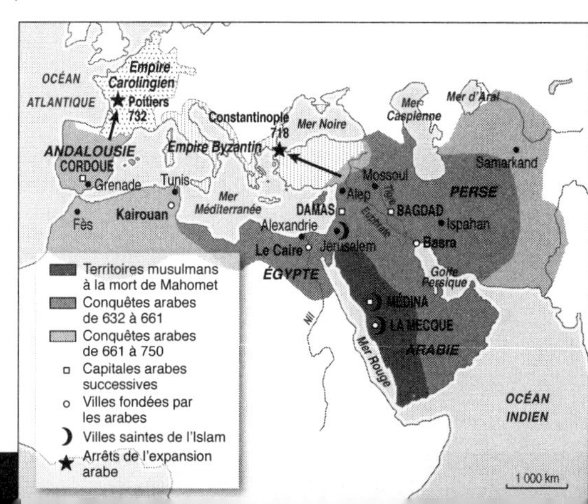

2 Qui est Haroun al-Rachid ?

***Haroun al-Rachid (765-809) est le cinquième calife de la dynastie des Abbassides. À la tête d'un vaste empire dont Bagdad est la riche capitale, il connait un règne à la fois tumultueux et brillant. Il est aussi resté célèbre comme personnage des* Mille et Une Nuits.**

● À LA TÊTE D'UN VASTE EMPIRE

Haroun al-Rachid est un jeune homme prometteur. À 17 ans, en tant que fils du calife, il commande des expéditions contre les Byzantins puis est nommé gouverneur d'une région incluant l'Égypte, la Syrie, l'Arménie et l'Azerbaïdjan. En 786, il devient calife et se retrouve à la tête d'un empire puissant mais fragile : des révoltes ont lieu en Égypte, au Yémen et en Syrie. Son pouvoir est contesté par l'empire byzantin mais aussi par différentes dynasties qui vivent dans les provinces de son empire (au Maroc et en Tunisie).

● UNE CAPITALE BRILLANTE

Sa capitale Bagdad, bâtie sur les rives du Tigre, connaît un développement économique, culturel et social admiré de tout l'empire. Cette cité est considérée comme la plus riche du monde. La cour d'Haroun al-Rachid attire savants, intellectuels et artistes. Autour de la grande mosquée et de son somptueux palais, qui s'élèvent au centre de la ville, les quartiers commerciaux prospèrent. On y fabrique du papier, des tissus brodés ; on y travaille métaux et matériaux précieux. Des marchandises venues de tout l'empire, d'Inde, de Chine et d'Afrique y affluent. Bagdad possède de nombreux hammams, des écoles, des hôpitaux et des bibliothèques.

● UN CALIFE DE LÉGENDE

En ce temps-là, Haroun al-Rachid est universellement connu. Son palais, avec son mobilier précieux et ses splendides jardins, semble issu d'un conte merveilleux. Plusieurs centaines de femmes composent son harem.

Haroun al-Rachid entretient avec Charlemagne de très bonnes relations : ils s'envoient de précieux cadeaux. Par exemple, en 802, l'empereur reçoit du calife une clepsydre qui actionne des chevaliers automates à chaque heure et un éléphant blanc d'Asie appelé Abul-Abbas.

Haroun al-Rachid apparaît dans *Les Mille et Une Nuits* comme un souverain intelligent et éclairé, soucieux de ses sujets. Cependant, il doit sa réputation aux historiens et aux poètes de son temps. Le véritable Haroun al-Rachid, bien qu'aimant les arts et la culture, aurait été un calife cruel, qui laisse un empire fragilisé. À sa mort, le partage de l'empire entre ses trois fils déclenche une guerre civile.

« Je veux être calife à la place du calife ! »

Voici le titre du treizième album de la série de bandes dessinées Iznogoud *de René Goscinny et Jean Tabary. Iznogoud, vizir du calife Haroun el Poussah, est le héros de cette série qui paraît pour la première fois en 1962 sous le titre* Les Aventures du calife Haroun el Poussah.

Couverture de l'album *Iznogoud - Je veux être calife à la place du calife*, Goscinny et Tabary - IMAV Éditions.

3 Comment se déroule la vie quotidienne ?

La situation géographique de l'Arabie et les conquêtes islamiques ouvrent l'empire sur d'autres cultures et permettent d'intenses échanges commerciaux. Cependant la vie diffère selon que l'on habite à la campagne ou en ville.

• À LA CAMPAGNE : UNE VIE DIFFICILE

Dans l'empire musulman, la majeure partie des habitants vit dans le désert, près des oasis, ou à la campagne. Pour l'agriculture, l'eau est vitale dans ces régions au climat chaud où les pluies sont rares. Les hommes ont renouvelé d'anciens réseaux de canaux et imaginé des systèmes d'irrigation : puits, barrages, citernes et canaux alimentent les cultures. Celles-ci s'intensifient car il faut nourrir la population, notamment celle des villes qui s'accroit.

Les paysans qui ne peuvent payer les taxes imposées par les conquérants arabes travaillent pour le compte de nouveaux propriétaires ou bien s'installent en ville.

• L'ESSOR DU COMMERCE

Grâce aux conquêtes de nouveaux territoires, on introduit divers fruits et légumes dans l'empire : abricot, mûres, artichaut, etc. Les caravanes de chameaux des marchands, guidés par les Bédouins, transportent ces marchandises des ports du sud vers le nord, et parcourent même l'Afrique et l'Asie.

Les échanges commerciaux s'intensifient. Les marchands, comme Sindbad le marin, voyagent jusqu'en Extrême-Orient. Ils rapportent avec eux de la soie, des épices et des céramiques. On importe ce qui manque dans l'empire : de l'or, du bois et même des esclaves. Ainsi, les grandes villes de l'empire s'embellissent et se développent : à la fin du VIIIe siècle, Bagdad compte plus d'un million d'habitants.

● DES VILLES TRÈS ANIMÉES

Les villes sont très animées : petits commerçants, soldats, étrangers, paysans et mendiants s'y côtoient. Les souks, spécialisés par marchandises (viandes, pain, épices, livres) sont de vrais dédales. Les appels à la prière rythment la journée, le reste du temps est consacré aux affaires ou à l'étude, au bain pris au hammam. L'après-midi, puisqu'il fait très chaud, les activités cessent avant de reprendre le soir.

Hammam

Le mot signifie « eau chaude ». Inspiré des bains grecs et des thermes romains, le hammam comporte des bassins, des piscines, des salles de repos et de massage, des saunas. Le bain se développe en effet dans l'empire musulman vers l'an 600, favorisé par le Coran qui préconise l'hygiène et prescrit des ablutions (c'est-à-dire des purifications par l'eau) avant la prière. Le hammam est aussi un lieu social : les hommes s'y retrouvent pour bavarder, parler affaires. Les femmes s'y rendent également, mais à des heures différentes des hommes.

Le dôme du Rocher

C'est le premier grand monument islamique. Construit à Jérusalem en 691 sous le calife omeyyade Abd al-Malik, le Dôme est un monument octogonal surmonté d'une coupole recouverte de feuilles d'or. Décoré de riches mosaïques, il abrite la pierre sacrée d'où Mahomet se serait envolé au ciel, guidé par l'ange Gabriel.

Le Dôme du Rocher, Jérusalem, Israël.

4 Pourquoi peut-on parler d'un « âge d'or » des sciences dans le monde musulman ?

L'essor de l'empire musulman entraîne celui des sciences et des techniques. Les palais des califes, les bibliothèques et les mosquées sont des lieux d'échange intellectuel et d'étude.

● À LA CONQUÊTE DU SAVOIR

Les manuscrits des savants grecs sont redécouverts, copiés et traduits. Bibliothèques et écoles (madrasas) se développent. À Bagdad, Haroun al-Rachid fait bâtir une Maison de la Sagesse, qui sert de modèle à tout l'empire. Grâce aux conquêtes, notamment en Extrême-Orient, on accède à de nouvelles techniques, comme par exemple la fabrication du papier ou les machines de guerre.

● LES PROGRÈS TECHNIQUES

Le développement conjoint de différentes sciences favorise les progrès techniques : par exemple la physique, la mécanique, les mathématiques, la géométrie, l'astrologie[1]. Il permet aussi la construction d'édifices, l'élaboration de machines (balistiques, hydrauliques comme la noria[2]), d'instruments de mesure du temps ou de navigation. Les automates et machines à engrenages, le développement de l'horlogerie, sont caractéristiques de cet essor.

Chiffres arabes ou indiens ?

Les chiffres que nous utilisons sont appelés chiffres arabes. En réalité, ils sont d'origine indienne ! Les Indiens avaient neuf chiffres et marquaient le zéro, déjà connu des Babyloniens et des Grecs, par un point. En généralisant son emploi, Al-Khwarizmi révolutionne les mathématiques.

1. Astrologie : à l'époque, astrologie et astronomie ne forment qu'une seule discipline.

2. Noria : machine hydraulique constituée d'une roue qui permet, grâce aux récipients fixés sur une chaîne autour de la roue, de puiser de l'eau dans le sol.

Quelques savants de renom

Comme dans l'Antiquité, les savants étudient à la fois les mathématiques, l'astronomie, la grammaire et la médecine, la physique et la philosophie. Certains d'entre eux sont restés très célèbres.

Astrolabe du calife Abd al-Karim al-Misri, (sans date), cuivre, Londres, British Museum.

Al-Khwarizmi (780-850) écrit le premier traité d'algèbre, dédié à l'un des fils d'Haroun al-Rachid, Al-Mamun, passionné de sciences. S'inspirant des Indiens, il invente le système décimal et l'algèbre (calcul comportant une équation).

Ibn Sina (ou Avicenne, 980-1037) est né à Boukhara (Ouzbékistan actuel). Il étudie le Coran, la géométrie, la philosophie et la logique, et devient médecin à 16 ans ! Il est l'auteur de deux-cents textes scientifiques ou philosophiques, notamment du *Canon de la médecine*, qui s'appuient sur les théories des médecins grecs Hippocrate et Galien. Il voyage ainsi à travers la Perse pour transmettre tous ses savoirs.

Al-Idrisi (vers 1100-vers 1165) étudie en Espagne musulmane puis voyage dans tout l'empire. Il dresse une carte du monde connu, rédige une *Description de l'Afrique et de l'Espagne* ainsi qu'un ouvrage de botanique où les noms des plantes sont écrits en six langues !

5 Comment se développe l'art islamique ?

Au temps des califes, l'art est souvent religieux, mais se met aussi au service des puissants, qui veulent acquérir des objets dignes de leur splendeur. Avec l'importation de métaux précieux et l'adoption de techniques étrangères, les artistes créent des œuvres originales qui donnent naissance à un art islamique.

● UN ART AU SERVICE DE LA FOI

De nombreuses mosquées sont édifiées pour offrir des lieux de prière aux croyants. Un grand nombre d'entre elles s'inspire de la mosquée de Damas, édifiée sous les Omeyyades entre 705 et 715. Celle-ci possède une vaste cour bordée de portiques et dotée d'une fontaine à ablutions, une salle de prière et trois minarets. Richement décorée, elle est ornée de revêtements en marbre, de bois sculpté et de mosaïques colorées dont le fond doré rappelle l'art byzantin.

La Mosquée de Kairouan, Tunisie.

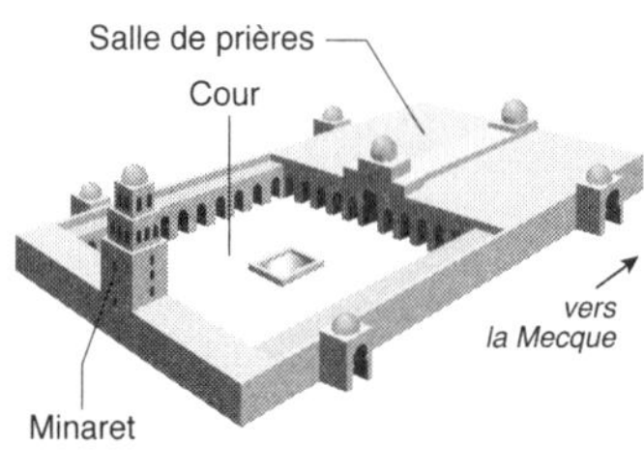

1. **Calligraphie** : art de tracer les lettres et de les former (du grec kallos : « beau » et grapheïn : « écrire »).

Parce que le Coran interdit de représenter la figure humaine ou animale dans les œuvres religieuses, les artistes exploitent des motifs géométriques, végétaux et la calligraphie[1] pour décorer édifices et objets.

• DES TECHNIQUES VARIÉES

Dès le VIIIe siècle, les potiers du royaume abbasside révolutionnent la céramique en inventant la faïence[3]. Le verre, très apprécié, est soufflé ou taillé pour créer des flacons et des gobelets.

Grâce aux métaux, les artisans réalisent des objets du quotidien et des éléments de décoration en bronze.

L'ivoire et le bois, avec la marqueterie[2] notamment, sont finement sculptés pour créer des objets du quotidien comme du mobilier précieux.

Pyxide d'Al-Mùghirà (xe siècle), Paris, musée du Louvre.

D'où viennent les noms des artisanats ?

Plusieurs noms des artisanats sont issus des villes de l'empire. Voici quelques exemples.

Le cordonnier vient de Cordoue, une ville située en Espagne.

La maroquinerie, l'art de travailler le cuir, vient du Maroc.

Damasser et damasquiner évoquent des techniques de Damas. Il s'agit de la fabrication de tissus, d'objets métalliques, avec incrustations d'or et d'argent.

Les jardins

Dans un empire où la chaleur règne, les califes ont été attentifs à créer de somptueux jardins, notamment dans le palais de l'Alhambra à Grenade (en Espagne). Rappelant les jardins paradisiaques évoqués dans le Coran, ces jardins ravissent les sens : les arbres et les fleurs charment la vue, l'eau des fontaines murmure agréablement et l'ombre apporte de la fraîcheur.

2. Marqueterie : ouvrage de menuiserie composé de feuilles de différents bois plaquées sur un assemblage et représentant des figures et des motifs ornementaux.

3. Faïence : céramique à pâte poreuse et opaque, vernissée ou émaillée.

Petit lexique littéraire

Adjuvant	Personnage, animal ou objet qui vient en aide au héros.
Cadre spatio-temporel	On désigne par cette expression à la fois le lieu (cadre spatial) et l'époque (cadre temporel) de l'action d'un récit.
Champ lexical	Ensemble des mots qui se rapportent à un même thème.
Conte	Récit d'aventures imaginaires ou merveilleuses, à l'origine oral, qui vise à divertir, voire à instruire.
Épopée	Long récit, en vers, qui raconte les aventures et les exploits des héros et des dieux.
Étymologie	Étude de l'origine et de la formation des mots.
Fable	Petit récit mettant souvent en scène des animaux dans des situations imaginaires et qui délivre une moralité.
Famille de mots	Ensemble des mots formés sur un même radical, ayant la même origine étymologique.
Fictif	Ce qui relève de la fiction, de faits inventés, imaginaires.
Genre	Œuvres qui possèdent des caractéristiques communes (thèmes, structure, écriture).
Manuscrit	Texte écrit à la main.
Merveilleux	Ensemble des éléments magiques ou surnaturels que l'on rencontre dans les contes et légendes sous la forme de personnages (génies, animaux qui parlent, etc.) ou d'objets (tapis volant…).
Narrateur / narratrice	C'est celui ou celle qui raconte l'histoire dans un récit. Il peut être absent du récit, ou au contraire être l'un des personnages.
Opposant	Personnage, animal ou objet qui fait obstacle au héros.
Orientalisme	Goût pour les pays, les arts et les mœurs des peuples de l'Orient.
Récit-cadre	Récit dans lequel prennent place des récits secondaires mettant en scène de nouvelles actions et des personnages différents de ceux du récit-cadre.
Récit enchâssé	Récit secondaire à l'intérieur d'un récit récit-cadre.
Schéma narratif	Schéma constitué par les cinq grandes étapes d'un récit chronologique : situation initiale, élément perturbateur (ou déclencheur), péripéties, élément de résolution et situation finale.

À lire et à voir

● D'AUTRES CONTES ORIENTAUX

Jean Muzi

16 Contes du monde arabe, FLAMMARION JEUNESSE, COLL. « CASTOR POCHE », 1998

Jean Muzi

25 Contes de la Méditerranée, FLAMMARION JEUNESSE, COLL. « CASTOR POCHE », 2011

Hans Christian Andersen
Le Briquet (1835) ; La Malle volante (1839)

Deux contes inspirés des *Mille et Une Nuits*

Marc Séassau

Contes de la sagesse indienne, FLAMMARION JEUNESSE, COLL. « CASTOR POCHE », 2010

● DES ŒUVRES ORIENTALES

Odile Weulersse

Le Cavalier de Bagdad, HACHETTE, COLL. « LE LIVRE DE POCHE JEUNESSE », 2009

Juhad Darwiche et David B. / Pierre-Olivier Leclercq
Sagesses et Malices de Nasreddine, le fou qui était sage,
ALBIN MICHEL JEUNESSE, COLL. « SAGESSE ET MALICES », 2000-2007

● UN SITE POUR DÉCOUVRIR LES ARTS ORIENTAUX

http://education.francetv.fr/dossier/les-arts-de-l-islam-o22856

● *LES MILLE ET UNE NUITS* EN FILMS

Le Voleur de Bagdad

Film de Ludwig Berger, Michael Powell et Tim Whelan (1940)

Ali Baba et les quarante voleurs

Film de Jacques Becker (1954)

Les Mille et Une Nuits

Film de Philippe de Broca (1990)

Table des illustrations

Malgré nos efforts, il nous a été impossible de joindre certains photographes ou leurs ayants-droit, ainsi que des éditeurs ou leurs ayants-droit de certains documents, pour solliciter l'autorisation de reproduction, mais nous avons naturellement réservé en notre comptabilité des droits usuels.

Suivi éditorial : Anne-Sophie Demonchy
Principe de maquette : Marie-Astrid Bailly-Maître & Sterenn Heudiard
Mise en pages : Facompo
Illustrations intérieures : Carole Xénard
Illustration de couverture : Carole Gourrat

Achevé d'imprimer par Grafica Veneta
à Trebaseleghe - Italie
Dépôt légal : 96663-7/11 - Octobre 2020